혜수, 해수 5

임정연 장편소설

혜수, 해수

❺ 웨어울프

산지니

차례

6월 6일 — 7
해수

6월 7일 — 21
혜누

6월 8일 — 38
해수

6월 9일 — 51
혜누

6월 10일 — 68
해수

6월 11일 — 85
혜누

6월 12일 — 103
해수

6월 13일 — 118
혜누

6월 14일 — 135
해수

6월 15일 — 149
혜누

6월 16일 — 163
해수

6월 17일 — 178
혜누

6월 18일 — 192
해수

6월 19일 — 204
혜누

에필로그 — 220

6월 6일

해수

새벽 이른 시간부터 사무실은 분주하게 돌아갔다. 몇몇 차사만 일을 보는 여느 때와 달리 지금은 많은 차사들이 자리에 있다. 차사들은 각자 명부를 확인하느라 여념이 없었다. 민정을 비롯한 젊은 차사들은 자리에서 명부를 확인하고 있었다. 컴퓨터로 전달된 명부와 휴대폰의 명부가 동일한지 확인하는 중이었다. 중년의 차사들은 명부를 프린트하려고 탕비실 앞에 줄을 서 있었다. 탕비실의 프린터는 차사들의 명부를 출력하느라 쉴 새 없이 돌아가고 있다. 나는 한가로이 자리에 앉아 정신없이 바쁜 사무실을 둘러보았다.

"오늘 테스트 어떨 것 같냐?"

어느새 문규가 다가와 의자 등받이에 팔을 걸쳤다.

"현장 실습을 몇 달 동안 했으니까 괜찮겠지."

문규를 향해 고개를 돌렸다. 오늘은 신입 차사들의 실무 테스트가 있는 날이었다. 그리고 테스트 결과에 따라 배치가 결정된다. 어제저녁 갑자기 다수의 사망자가 발생하는 사건 명부가 나왔다. 그래서 이번 기회에 신입 차사들의 테스트를 진행하기로 결정되었다. 테스트의 채점 및 감독을 위해 나와 문규를 비롯한 선배 차사들이 동행하게 되었다.

"혹시라도 오늘 신입들이 실수할까 봐 이른 새벽부터 내가 이렇게 나와 수고한다는 거 아니냐."

문규가 손으로 등받이를 두드리며 말했다.

"처음에 안 간다고 하더니."

"내가 언제?"

"화정이가 가니까 따라가는 게 아니고?"

"아니. 전혀. 난 네가 얘기하기 전까지 오늘 화정이가 같이 가는 줄 몰랐어."

문규가 정말 몰랐다는 듯 천연덕스러운 표정을 지었다. 하지만 속을 내가 아니었다. 문규는 처음에는 안 간다고 하더니, 나중에서야 가겠다고 자원했다. 화정이 간다는 걸 알고 자원한 눈치였다. 화정 차사를 부른 것은 신입 차사들을 데리고 다수의 혼령을 인도하는 일이라 혹시 모를 실수를 방지하기 위해서였다. 지난번 혼령들이 사라지는 사건으로 화정의 능력이 주목받게 되었다. 화정이 원하면 팀장으로 승진도 가능했다. 그런데 화정은 일반 차사로 남겠다고 했다. 팀장이 되면 아무래도 현장보다는 사무실에 있는 경우가 많은데, 화정은 현장에서 혼령들을 인도하는 일에 보람을 느낀다고 했다. 그 뒤로 다수의 혼령을 인도하는 건이 생기면 다들 화정 차사에게 도움을 요청했다. 이번 일도 혹시 놓치거나 잃어버리는 혼령이 생기지 않도록 화정이 동행하게 되었다.

"하긴 내가 가는데 너까지 가면 화정이가 없어도 문제없겠다. 팀장에게 내가 얘기할게. 화정이는 안 와도 되겠다고. 화정이 요새 바쁜데 쉬게 해주는 게 동료로서 도리가 아니겠어?"

"야. 야. 해수야. 잠깐만, 잠깐."

문규가 자리에서 일어나는 나를 다급히 만류했다.

"우리 생각 좀 해보자. 네 말도 맞는데. 그것보다는 오늘 테스트 현장에서 우리가 열심히 해서 화정이를 쉬게 하는 게 더 좋지 않겠냐?"

"네가? 화정이가 있는데 같이 놀지 않고 열심히 일한다고?"

"안 되겠지?"

문규가 속셈이 들켜 멋쩍은 얼굴로 뒤통수를 긁었다. 그런 문규에게 다가가 어깨를 두드렸다.

"화정이랑 관련된 일에 있어서 넌 너무 투명해. 화정이가 있으면 네가 어떤 생각하는지 모르는 차사가 아무도 없어. 오늘도 네가 도움이 될 거라고 생각하는 차사는 아무도 없으니까 평소 하던 대로 그냥 화정이 옆에 딱 달라붙어 있어."

"그래도 될까?"

"붙어 있지 말라고 한다고 네가 안 붙어 있겠냐? 화정이만 보면 붙어 있으면서."

"그건 그렇지. 히히."

문규가 금세 수긍하며 웃었다. 방금 자기 입으로 말했지만, 화정이 얘기만 나오면 무슨 생각하는지 훤히 보이는 문규였다. 그때 민정과 도훈, 자경 차사가 다가왔다.

"준비 다 됐어?"

"네."

내 말에 민정 차사가 폰을 들어 보였다. 그 옆에서 긴장한 얼굴로 자경 차사가 명부를 들어 보였고, 도훈 차사는 입을 꾹 다문 채 고개를 끄덕였다. 나도 나갈 채비를 마쳤다. 사무실을 둘러보니 좀 전보다 조용해진 분위기였다. 차사들은 다들 자리에서 명부를 확인하는 모습이었다. 탕비실의 프린터도 멈췄다. 사무실의 공기에 비장한 기운이 감돌았다. 대형 참사와 테스트라. 내가 담당한 신입이 아닌

다른 신입들도 굳은 표정이었다. 본격 차사가 되기 위한 테스트라 다들 긴장한 분위기였다. 내가 담당한 세 명의 신입 차사들을 쓱 훑어보았다. 셋 중에 민정 차사만 여유가 있어 보이고 나머지 둘은 긴장한 듯했다. 도훈 차사는 특히 표정이 굳어져 있다.

오늘 테스트는 다수의 혼령을 다수의 차사가 동시에 안내해야 하는 일이었다. 많은 혼령과 차사가 몰려 혼란한 상황이라 신입들의 능력을 평가하기 좋은 기회였다. 대신 예상하지 못한 돌발 상황이 발생하기 쉬운 환경이다. 그동안 실습에서 똑 부러진 모습을 보인 민정 차사나 싹싹한 성격의 자경 차사는 무난하겠지만, 생각지 못한 일이 발생하면 당황하는 도훈 차사는 불안했다. 그런 상황을 본인도 알고 있는지 눈에 띄게 긴장하고 있다. 내가 사무실의 다른 신입들을 둘러보며 입을 떼었다.

"오늘 테스트는 빨리하는 것을 보는 것이 아니라 실수하지 않는 것을 보는 것이니까 차분하게 하면 될 겁니다. 너무 긴장하지 마시고. 다들 준비된 것 같으니까 팀장님 오시면 출발하기로 하죠."

내 말에 신입들이 초조한 표정을 지었다. 긴장하지 말라고 해도 신입들은 긴장하고 있었다. 그래도 일부는 내 말에 긴장이 많이 가신 모습이었다. 잠시 후 팀장이 들어왔다. 나와 문규를 보고 다가왔다. 그러자 고참 차사들도 팀장 주변으로 모여들었다.

"어떻게 준비들은?"

"네. 된 것 같습니다."

"화정 차사는 현장으로 바로 오기로 했다고."

"네."

"그래. 그럼 출발하지."

팀장의 말에 사무실의 신입 차사들도 자리에서 일어나 출발할 준비를 했다. 앞서 사무실을 나가는 팀장 뒤를 고참 차사들과 신입 차사들이 따랐다. 많은 차사들의 행렬이 전철역까지 이어졌다. 지상으로 내려가는 외선에는 무리 지은 차사들이 삼삼오오 앉아 있었다. 차사들은 모두 입을 다물고 침묵했다. 덜컹덜컹. 전철의 바퀴만이 무심히 구르고 있다.

"선배님."

누가 다가와 말을 건네 돌아보니 민정 차사였다. 다른 차사들과 달리 별로 긴장하지 않은 모습이었다.

"응. 왜?"

"이렇게 많은 차사들이 간다면 큰 사고겠죠?"

"아마도. 그렇겠지?"

이번 테스트에 함께 가는 신입 차사의 숫자만 20명이 넘었다. 한 명당 인도하는 혼령이 5명이라고 해도 사망자가 100명이 넘는다.

"어떤 사고일까요? 장소가 도시나 마을에서 떨어진 한적한 곳이던데."

"글쎄. 벌어지기 전에는 모르지. 차사는 누가 언제 어디에서 죽는지만 알지 왜 죽는지는 모르니까."

"혹시 알면 막을 수 있지도 않을까요?"

민정 차사가 착잡한 표정을 지었다. 생각해 보니 민정 차사도 많은 수의 망자가 생기는 곳에서 혼령을 인도해 본 적이 없었다. 나는 표정만으로도 민정 차사의 심정이 짐작되었다.

"이런 일을 미리 알고서도 막기 위해 뭔가를 할 수 없다는 게 그렇기는 하지. 하지만 이 일이 천기를 어기는 것이 아닌 이상 우리가 어떻게 할 방법은 없어. 우리는 천기를 따르는 존재지 천기를 어지럽히는 존재가 아니잖아."

"그렇긴 하죠. 그래도."

민정 차사는 힘없이 고개를 떨구었다. 나도 차사 일을 시작하고 한동안은 사람들이 죽는 일에 대해 안타까움을 느낀 적이 있다. 누구나 죽으니까 죽음은 공평할 거라고 생각했다. 그런데 막상 차사 일을 해보니 그렇지 않았다. 700년이 넘게 차사 일을 하면서 숱한 죽음과 만났다. 개중에 어디 안타까운 죽음이 없었으랴. 준비되지 않은 죽음, 느닷없는 죽음, 엉뚱한 죽음, 어이없는 죽음, 스스로 해하는 죽음, 살해되는 죽음, 자신이 죽는지조차 모르는 죽음, 슬픈 죽음… 그런 죽음과 만나면 허탈하고 무력감을 느끼기도 했다. 그러니 지금 민정 차사가 느끼는 기분을 알 만했다. 더구나 이번은 많은 사람들이 한꺼번에 사고로 죽는 일이다. 미리 알릴 수 있으면 많은 사람의 죽음을 막을 수 있을지도 모른다. 하지만 이번 사고는 천기에 따라 명부가 발부된 사고였다. 따라서 차사는 사고가 일어날 것을 알면서도 막아서는 안 되는 것이다.

"우리는 차사이기 때문에 사람은 알 수 없는 미래를 조금은 알 수 있어. 하지만 모든 것을 알지는 못해. 어떤 사람을 구해줄 수 있겠지. 그런데 그 일로 미래가 어떻게 변할지는 몰라. 더 좋아질 수도 있지만 반대로 더 나빠질 수도 있겠지. 그래서 우리는 천기가 올바른 방향으로 이끈다고 믿고 천기를 따르는 거야. 이번 일도 안타깝지만 우리는 그냥 지켜볼 수밖에 없어."

"선배님은 만약 혜수 명부가 나오면 어떻게 하실 거예요?"

민정 차사가 불쑥 물었다.

"나온 적 있어."

"네? 명부가 나왔다고요? 그런데 어떻게?"

민정 차사가 깜짝 놀라서 되물었다. 명부가 나왔으면 여자아이는 죽었어야 한다. 그런데 살아 있는 여자아이. 민정 차사가 놀라는 것은 당연했다.

"예전에 혜수 명부가 나왔던 적이 있어. 나에게 나온 것은 아니고, 문규에게 나왔었어. 천기가 어긋났던 때였는데. 그때도 혜수의 명부가 정상적인 것인지 아닌지 쉽게 판단할 수 없었어."

"그래서 어떻게 됐는데요?"

"명부에 문제가 있어 확인해 보니 천기가 어긋나 발행된 것으로 나왔어. 그래서 내려가서 죽을 뻔한 여자아이를 구할 수 있었지. 걔는 내가 천기를 어기고 자길 구해준 줄 알아. 걔를 구해준 일로 천기를 어겨 언제 소멸될지 모른다고 놀려먹고 있으니까 혜수에게는 얘기하지 마."

"네."

민정 차사가 생긋 웃었다. 웃으며 돌아서는 것이 마음이 많이 풀린 모양이었다. 가벼운 걸음으로 멀어져 가는 민정 차사와 다르게 마음이 무겁게 내려앉았다. 명부가 나왔을 때는 여자아이를 안 지 얼마 되지 않아 그렇게 강한 감정은 없었다. 여자아이가 죽는다고 해도 차사인 나와 헤어지는 것은 아니니까. 그런데도 여자아이의 명부가 나온 얘기를 하는데 가슴 한편이 시큰거렸다. 저리는 가슴에 흠칫 놀라고 말았다. 700년이 넘게 차사를 해서 죽음에 대해 초연하다고 생각했는데 아니었다. 여자아이와 명부, 그리고 죽음. 나는 세차게 머리를 흔들었다. 스스로가 이런 감정을 느끼는 것이 혼란스러웠다. 다음 역이 목적지라는 안내 방송이 흘러나왔다. 눈을 감은 채 천천히 심호흡했다. 일을 위해 마음을 추스르고 내릴 준비를 했다.

산 중턱 추락한 비행기 주위로 차사들이 둘러서 있었다. 비행기에서 강한 불길이 치솟았다. 비행기의 동체는 심하게 부서진 채 맹렬히 타고 있는 불길에 휩싸여 있었다. 하늘을 까맣게 덮으며 검은 연기가 뭉클뭉클 솟구쳐 올랐다. 사고의 심각성을 볼 때 생존자는 거의 없어 보였다. 아직 구조대는 도착하지 않았고 동체 안에서는 아무런 소리도 들리지 않았다. 거칠게 솟구치며 불길이 타는 소리와 하늘을 가득 덮으며 퍼지는 연기가 정적을 깨트리고 있었다. 거센 불길과 하늘을 까맣게 뒤덮은 연기는 아비규환의 모습이었다.

신입 차사들은 추락한 비행기에서 혼령을 인도하는 중이었다. 나를 비롯한 고참 차사들은 신입 차사들이 놓친 혼령들이 외부로 빠져나가지 못하게 경계하는 중이었다. 외부로 나가는 혼령은 고참 차사들이 화정 차사에게 인도하고 있었다. 화정 차사가 붙들어둔 혼령들은 나중에 인도할 혼령을 찾지 못한 신입들이 와서 인도하면 되었다.

"선배님."

부르는 소리에 돌아보니 민정 차사였다.

"벌써 갔다 왔어?"

"네."

민정 차사가 고개를 끄덕이며 대답했다. 오기 전 망설이던 모습과 달리, 시간이 되자 추락해 불길에 휩싸인 비행기에 제일 먼저 뛰어든 것은 민정 차사였다. 거센 불길에 머뭇거리던 다른 차사들도 민정 차사가 혼령들을 인도해 나오는 모습에 속속 비행기 속으로 들어갔다. 민정 차사는 자신에게 배정된 혼령들을 모두 수거한 다음 저승에 인도하고 돌아왔다. 신입 차사들 중에서 발군의 실력이었다. 주위를 둘러보니 다른 차사들은 이제야 혼령들을 저승으로 인도하려고 출발하는 중이었다.

"다른 분들은 어떻게 하고 계세요?"

"자경 차사는 이제 저승으로 출발하려고 하고 있어."

내 눈이 향하는 곳을 민정 차사가 돌아봤다. 자경 차사가 비행기 옆에서 혼령들을 확인하는 모습이 보였다. 그리곤 혼령들의 무리를 이끌고 저승으로 출발했다. 그 모습을 보더니 민정 차사가 고개를 끄덕였다.
"도훈 차사님은요?"
"아직 안 보여."
내가 턱으로 비행기를 가리켰다. 처음보다는 수그러들었지만 비행기는 아직도 불길에 휩싸여 있었다. 도훈을 비롯한 몇몇 차사들은 아직 비행기에서 나오지 못하고 있었다. 아마 인도를 거부하는 혼령을 달래느라 고생하는 것 같았다.
"아, 도훈 차사님도. 그냥 데려 나오면 되는데."
"도훈 차사 성격이 그렇지 못한데 어떡하겠냐."
"도훈 차사님은 힘들겠죠?"
민정 차사가 안타까운 얼굴로 되물었다.
"아마도."
"테스트에 떨어지면 어떻게 되는 거예요?"
"내근으로 갈 거야. 좀 전에 갔다 왔지? 저승에서 혼령들 인계시키는 사무실. 거기로 갈 거야."
"이, 그럼 테스트 떨어져도 자주 볼 수 있겠네요."
"그치. 오히려 자경 차사보다 더 자주 볼 수도 있을걸. 같은 팀이라도 시간대가 다르면 못 보는 경우가 많거든. 오히려 내근직은 항상 사무실에 있으니까 자주 볼 수 있을 거야. 네가 보기에는 어때? 도훈 차사는 내근직이 더 낫지 않겠어?"

"그죠? 저도 그렇게 생각했어요."

민정 차사가 해맑게 웃었다. 그제야 마음이 놓인 듯했다. 처음 신입이 됐을 때는 다른 차사들에게 관심 없는 것처럼 보였는데 같이 지내며 친해진 모양이다. 근래에는 민정 차사가 도훈 차사의 실수를 챙기는 일도 많았다.

"끝나면 혜수한테 가실 거예요?"

"아마. 왜?"

"SNS 업데이트해야죠."

민정 차사가 휴대폰을 들어 보였다.

"벌써?"

"잘될 때 관리해야 된다니까요."

"그렇지만 장소가 좀. 일 마무리되면 장소 옮겨서 하자."

내 말에 민정 차사도 주위를 둘러보고는 고개를 끄덕였다. 그사이 구조대들이 도착했다. 비행기의 불길도 잦아들고 있었다. 구조대는 구조 작업을 시작했다. 민정 차사 때문에 본의 아니게 자주 사진을 찍게 되었다. 여자아이와 같이 찍은 사진은 이승 배경이 대부분이었다. 저승사자는 직업 특성상 일하는 곳이 사고 현장이나 병원 같은 곳들이었다. 아무리 저승사자의 SNS라고 할지라도 사고 현장을 배경으로 사진을 찍어 올리는 것은 꺼림칙했다. 일 끝나고 바

로 민정 차사에게 사진 찍힐 생각을 하니 나도 모르게 후
유 하고 한숨이 나왔다.

6월 7일

혜수

한여름처럼 공기가 후끈 달아오르고 있다. 벌써 한낮은 제법 더웠다. 벤치 위로 드리워진 잎새 사이로 햇빛이 쨍, 하고 비쳤다. 따가운 햇빛을 피해 그늘 쪽 벤치로 갔다. 요새 날씨는 완전 뒤죽박죽이었다. 겨울이 채 끝나기도 전에 날씨가 확 풀려버렸고 봄이네, 했는데 훅 더워졌다. 벌써 날씨는 한여름처럼 푹푹 쪘고 기온은 30도를 웃돌았다. 이맘때면 느끼던 초여름의 싱그러움은 이제 '초여름'과 함께 사라져 버렸다. 나른한 공기에 스멀스멀 졸음이 밀려왔다. '으아.' 졸음을 뿌리치려고 벤치에서 길게 기지개를 켰다. 폰을 보니 시험이 끝나려면 아직 시간이 많이 남았다. 동방 팀장님에게 영기를 수련한 뒤 기억력과 집중력이 엄청나게 향상되었다. 중간고사 때 문제를 보자마자 교수님이 강의 시간에 한 말이 다 생각났다. 교재에 실린 내용들도 다 기억났다. 덕분에 전 과목 A+로 과 수석을 차지했다. 초중고 합쳐 12년 동안 한 번도 없던 이변이었다. 거기에 우리나라 전통과 현대에 관한 단편을 작성하라는 과제에서 하니 언니를 소재로 글을 썼는데, 전통인 무속과 현대가 잘 어우러진 뛰어난 작품이라고 교수님의 관심 대상이 되어버렸다. 마땅히 생각나는 게 없어 썼는데 하니 언니와 엮이면 좋은 일이 없었다. 기말시험 결과에 따라 장학금을 받을 수 있다는 교수님 말씀에 이번 시험에서는 관심을 덜 받으려 일부러 일부 내용을 빼먹고 썼다. 시험 점수를 낮게 받으려고 일부러 틀린 답을 쓰게 될 줄은 꿈에도 몰랐다.

  내가 앉아 있는 벤치는 캠퍼스가 내려다보이고 적당히 나무 그늘이 져 있다. 지금처럼 후덥지근한 날씨에 앉아 있기 좋았다. 바람도 솔솔 불어와 벤치에서 책을 읽어도 좋고 친구와 수다 떨기에도 그만이었다. 그런데 주변에 사람들이 접근하지 않았다. 당연하다면 당연하겠지만 내 왼편에는 아기동자가 지현이랑 꽁냥거리고 있고, 오른편에는 해수 차사가 폰을 들여다보고 있다. 보이지 않아도 뭐가 느껴지는 것이 있는지 사람들이 알아서 피해 다녔다.

  지난번 사건 이후 지현이는 도서관을 벗어나 교내를 돌아다니기 시작했다. 하지만 아직 학교 밖으로는 나가려고 하지 않았다. 네크로맨서의 힘에 끌려 학교 밖에서 길을 잃어버린 것이 트라우마가 된 것 같았다. 그래도 지박령이 고정된 자리를 벗어난 것만 해도 큰 발전이었다. 옷도 교복이 아닌 평상복으로 바뀌었다. 아기동자는 지현의 변한 모습이 좋은지 그 옆에 딱 붙어 있다. 지금도 지현의 얼굴에서 눈을 떼지 못하고 헤실거리고 있다. 해수 차사는 폰을 들여다보며 무언가를 하고 있었다. 어제 있었던 신입 차사 테스트 결과를 확인하는 모양이었다.
"차사님. 어제 다녀오신 데가 혹시 ○○산이셨어요?"
"응. 민정 차사가 얘기했어?"
"아뇨. 어제 뉴스에서 거기서 큰 사고가 났다고 해서요. 아침 일찍 신입 차사님들 테스트가 있다고 하셨잖아요. 희생자가 많고 사고가 난 게 말씀하신 시간이랑 비슷해서요."
해수 차사가 내 얼굴을 빤히 쳐다보고 있다. 그 시선에 나도 모르게 당황했다.
"왜 그러세요? 제 얼굴이 뭐 이상해요?"
손으로 얼굴을 만졌다.
"넌 아무렇지 않아?"
"뭐가요?"
해수 차사가 무슨 말을 하는지 몰라 되물었다.
"사고로 많은 사람이 죽었는데. 그 얘기를 하면서 아무렇지 않냐고."

"아, 그거요."

"그래. 보통 그런 얘기하면 슬프거나 안타깝다고 하는데 넌 아무렇지도 않아?"

해수 차사가 의아한 눈빛으로 쳐다보았다. 차사님이 날 이상하게 본 이유를 알게 되었다. 차사님의 말대로였다. 예전 같으면 친구들과 얘기하며 안타까워했을 얘기였다. 나는 동의한다는 뜻으로 고개를 끄덕였다.

"제가 맨날 같이 다니는 게 700년 전에 돌아가신 차사님이랑, 300년 전에 죽은 개똥이, 30여 년 전에 죽은 지현이잖아요. 신장들도 자주 보고. 그렇잖아요. 사람이 죽는 게 슬프거나 안타까운 건 다시 볼 수 없어서 그런 거잖아요. 그런데 전 이렇게 혼령을 보고 얘기할 수 있으니 그런 게 좀 달라지더라고요. 무덤덤해진다고 할까요. 뭐랄까, 좀 남의 일 같은 그런 거 있잖아요."

얘기하면서 보니 정말 그랬다. 안타까운 사고에 관한 뉴스를 봐도 전과는 달랐다. 어제 여객기 사고 뉴스를 보면서 나와 상관없는 일을 보는 기분이었다. 영들을 자주 보다 보니 나도 모르게 죽음에 무감각해진 모양이었다. 또한 죽음이 끝이 아니라는 것도 알게 되었으니 슬퍼하거나 안타까워해야 할 이유가 없었다. 무덤덤하다는 말을 들은 탓일까. 그런 나를 해수 차사가 걱정스러운 표정으로 바라보았다. 뭔가 할 말이 있는 듯 고민하는 것처럼 보였다. 잠시 갈등하는 듯 보이던 해수 차사는 입을 다물었다. 괜히 신입 차사 테스트 얘기 꺼냈다가 분위기가 이상해진 것 같았다. 그때 멀리서 음악 소리가 들렸다.

"아, 맞다. 나코한테 감시 부탁했었는데. 차사님, 저 나코에게 가볼 건데 같이 가실래요?"

"그래? 그러자."

차사님이 따라나섰다. 나와 차사님이 일어서는데도 아기동자와 지현이는 꽁냥거리느라 몰랐다. 지현이는 그렇다 치고 아기동자는 차사님이 가시는데 인사도 없었다. 차사님은 그런 아기동자를 흘끔 쳐다보고 별말이 없었다.

"민정 차사님은 어떻게 됐어요? 테스트?"

"민정 차사? 이번 테스트에서 탑이야."

"그럼 정식 차사님이 되시는 거예요?"

"그렇지."

"그럼 앞으로는 차사님이랑 같이 다니지 않으시겠네요?"

"그러겠지. 구역이 다르니까."

"이제 자주 보기 힘들겠네요."

"그럴까? 어제 테스트하는 중간에도 SNS 업데이트한다고 사진 찍자고 하던데?"

"그래요? 그럼 앞으로도 자주 보겠네요."

"네가 말한 대로 이러다 다들 영원히 보게 되는 거 아닌지 몰라."

"그러게요."

내가 웃음을 터트렸다. 이러니 누가 죽었다고 해도 이제는 슬퍼지거나 안타까워지거나 하지는 않는다. 계속 볼 수 있으니까. 차사님 말씀처럼 영원히 보면 더 좋고. 다행히 무겁던 분위기가 사라졌다.

소강당에서는 음대 실기 시험이 한창이었다. 강당 뒤쪽 자리에 앉아 있던 나코가 반갑게 인사했다. 나와 해수 차사는 나코의 옆자리로 가서 앉았다.

"별일 없어?"

"응. 별일 없어."

나코가 앞을 힐끔 돌아보며 말했다. 강당 앞쪽에는 실기 시험을 기다리는 음대생들이 있었다. 그중에 긴 금발의 예은 선배가 눈에 띄었다. 잠시 뒤 예은 선배는 플루트를 들고 무대로 올라갔다. 그 사건 이후 예은 선배는 일반 플루트를 사용하고 있다. 예은 선배가 연주를 시작했다. 나는 귀를 쫑긋 세우고 집중했다. 연주에서 사념이 느껴지지 않았다. 플루트 연주도 전과 사뭇 다른 분위기였다. 예전은 사념이 감정을 억지로 불러일으키는 연주라면 지금은 곡의 흐름에 따라 자연스럽게 감정이 일어나는 연주였다.

"이 정도면 네크로맨서의 힘은 완전히 잃어버린 거 같은데. 실수로라도 살짝 나올 수 있는데 전혀 없어. 봐봐. 지금도 연주에 몰두해 있는데 사념이 전혀 실려 있지 않아."

나코가 무대에서 눈을 떼지 않은 채 말했다. 나코의 말대로 무대의 예은 선배는 혼신의 힘을 기울여 연주를 하고 있었다. 내가 저런 상태라면 나도 모르게 영기가 발산될 것 같았다. 몇백 년 된 나코나 원영이라면 어떤 상태에서도 영기가 컨트롤되겠지만 내게는 무리였다. 예은 선배도 마찬가지일 듯싶었다.

"학기 내 봤는데 그렇다면 크게 신경 쓰지 않아도 될 거 같은데. 차사님은 어떠세요?"

"내가 보기에도 그런 거 같아. 혹시 모르니까 주의만 하도록 하자."

차사님도 수긍하는 표정이었다. 나코가 내게 몸을 돌렸다.

"혜수 시험 끝났어?"

"응. 나는 오늘 끝."

"다른 친구들은?"

"채원이랑 민주도 오늘이 마지막이고, 유리는 스케줄 때문에 리포트로 대치. 혜원이만 내일까지."

"목요일까지는 다들 준비할 수 있겠네."

나코가 기지개를 켰다. 우리 학교 어학당에 다닌 뒤로 부쩍 우리말이 늘었다.

"그럴 거야. 이따 채원이랑 민주랑 같이 쇼핑하러 가기로 했어. 나코도 갈 거지?"

"응. 마이짱도 함께 갈 거야."

"그래. 차사님도 같이 가실래요?"

무대를 보고 있는 해수 차사를 돌아봤다.

"아니. 난 올라가 봐야 돼. 나도 준비해야지. 거긴 사신들 구역이라 미리 연락을 해둬야 한대."

"그래요? 그럼 저녁에 오실 거예요?"

"아마. 이따 집에서 보자."

"네."

해수 차사는 인사를 하고는 스륵 소강당을 빠져나갔다. 나는 나코를 돌아보았다.

"나코, 우리도 동아리방에 가 있자."

"좋아. 동아리방 먹을 거 많아서 좋아. 나코, 배고파. 빨리 가자."

나코와 같이 자리에서 일어났다. 나오면서 보니 예은 선배는 아직도 연주에 몰두하고 있었다. 네크로맨서였을 때와 같은 모습이지만 전혀 다른 분위기였다. 예은 선배는 사건 다음 날 소강당 지하에 정신을 잃고 쓰러져 있는 것을 직원이 발견했다. 은우 선배처럼 나와 관련된 일들은 기억하지 못했다. 네크로맨서의 능력도 보이지 않았다. 혹시나 싶어 아기동자랑 나코가 번갈아 감시를 했지만 의심할 만한 행동을 찾을 수가 없었다. 예은 선배도 누군가에게 이용당한 것 같다는 생각이 들었다. 나를 기억하지는 못해도 예은 선배가 평범한 일상을 찾은 듯해 다행이었다.

쇼핑몰의 스피커에서는 케이팝이 울려 퍼지고 있다. 혜원은 골라 온 옷들을 거울 앞에서 대보느라 정신이 없었다. 옆에 있는 쇼핑 바구니에는 골라 온 옷들이 수북했다. 혜원은 셔츠가 마음에 안 드는지 바구니에서 다른 옷을 집어 들었다.
"너 시험 내일까지잖아."
"그거랑 이거랑 무슨 상관이야?"
혜원은 내 말은 아랑곳하지 않고 거울 앞에서 이리저리 몸을 돌렸다.
"공부 안 해?"
"너 고등학교 때 시험 기간이라고 내가 공부하는 거 본 적 있어?"

"아니."

"고등학교 때도 안 했는데 대학 와서 하겠냐?"

혜원이가 콧방귀를 뀌며 말했다. 물론 그랬다. 혜원이는 고등학교 때도 공부는 평소에 하는 거라고 하면서 시험 기간에도 특별히 더 하지는 않았다. 그러면서도 전교 1등을 놓친 적이 없었다. 대학 와서도 중간고사 전과목 A 이상으로 과 탑이었다. 외모에 성적에 양쪽 모두 의사인 부모님까지. 혜원은 자타공인 의대 퀸이었다. 툭하면 동아리방에서 기한 아저씨랑 마법 연습하면서 공부는 언제 했는지 신기했다.

"니들 여기까지 와서 시험 얘기할 거야?"

돌아보니 민주가 부루퉁한 표정을 짓고 있다. 아까 동아리방에 들어서면서부터 시험 망쳤다고 부루퉁했다.

"너 중간고사 때도 망쳤다고 했지만 다 C 이상은 나왔잖아."

"그거야 그랬지."

"그거면 됐지. 너 원래 공부 잘한 거 아니잖아."

"그래도."

민주가 입을 삐죽거렸다.

"야. 쓸데없는 얘기 하지 말고 나 좀 봐봐. 이거 어때? 잘 어울려?"

채원이 불평하는 민주를 불러세웠다. 오늘따라 쇼핑에 열을 내는 채원이었다. 채원은 스트레스가 쌓이면 쇼핑으로 푸는 타입이었다. 저 정도로 열중하는 걸 보면 엄청 스트레스를 받은 모양이었다.

"채원이 무슨 일 있어?"

내가 묻자 혜원이가 씩 웃었다.

"아까 메신저 슬쩍 봤더니 성진 오빠랑 싸운 모양이야. 저번에도 얘기했었잖아. 채원이 혼자 오래 간다고 뭐라고 했다고. 그것 때문에 또 싸웠나 봐."

"같이 가도 된다고 했잖아."

"방학 때 스펙 쌓아야 한다고 그것도 안 된대."

혜원이 소곤거렸다.

"니들 다 들려."

뒤통수로 채원의 날카로운 목소리가 날아왔다. 얼른 그쪽으로 갔다.

"야, 대신 오늘 쇼핑하는 거 내가 다 내잖아."

"그래서 그 정도로 넘어가는 거야. 혜수. 나 이거 어때?"

채원이 그사이 고른 옷들을 대보며 물었다.

"좋아. 잘 어울려."

"영혼 없는 리액션 하지 말고."

"아냐. 정말이야. 채원이 넌 예뻐서 어떤 옷이든 다 잘 어울리잖아."

"내가 그렇긴 하지?"

칭찬에 기분이 좋은 듯 채원의 입꼬리가 한껏 올라갔다. 한바탕 쇼핑을 한 후 쇼핑몰 안에 있는 카페로 왔다. 푹신한 소파에 둘러앉아 퉁퉁 부은 다리를 풀었다. 내일 시험인 혜원은 먼저 갔다. 혜원을 배웅하고 나자 이번에는 나코가 사쿠라씨를 돌아보았다.

"마이짱, 우리도 갈까? 나 배고파."

"그러죠. 아홉 번째 아가씨. 시장하시면 가셔야지요."

주위를 살피던 사쿠라씨가 미소를 지으며 말했다. 나코는 작은 체구지만 먹는 건 다른 사람의 두세 배나 된다. 대신 힘은 무척 세었다. 그래서 오늘 쇼핑한 물건들을 두 사람 편에 보내고 채원, 민주, 나만 카페에 남아 수다를 떨었다.

"이렇게 가니까 너무 좋다. 숙소 예약할 필요도 없고. 비행기 티켓도 예약 안 하고."

"원영이가 그렇게 부자였어? 진세기까지 가지고 있네."

민주가 휘둥그레진 눈으로 말했다.

"덕분에 비행기 시간 신경 안 쓰고 편하게 갈 수 있고."

"귀족이잖아. 중세 때 대영주였고, 드라큘라성 브란성 일대가 원영이 집안 소유래. 그래서 항공사도 가지고 있고."

내 말에 채원이가 놀랐는지 눈을 크게 떴다.

"좋겠다. 귀족은. 성도 있고 전용기도 있고."

드라큘라가 죽은 뒤 원영은 아버지의 패밀리어를 자신의 세력으로 만드는 작업을 시작했다. 그때 드라큘라가 항공사를 보유하고 있다는 것을 알게 되었다. 지방 군소 항공사지만 전세기를 포함해 다수의 항공기를 보유하고 있었다. 드라큘라가 국내에 머물고 있을 때 전세기도 우리나라에 대기 중이었다. 원영은 전세기를 이용해 트란실바니아를 오갔다. 트란실바니아의 뱀파이어 세력을 인수 완료했다는 얘기를 하던 중 여행 얘기가 나왔다. 제일 먼저 드라큘라성에 가보고 싶다고 한 것은 오컬트 마니아인 혜원이었다. 기한 아저씨와 계약하는 바람에 영까지 볼 수 있게 된 뒤로 혜원은 안 그래도 드라큘라성에 가보고 싶어 했다. 원영이 흔쾌히 승낙하면서 친구들과 같이 트란실바니아로 떠나기로 한 것이다.

첫 해외여행이고 한 달 넘게 가는 여행인데 여권 외에는 준비할 것이 별로 없었다. 트란실바니아에서는 원영의 성에서 묵을 거라 숙소를 별도로 예약할 필요가 없었다. 주변 도시로 놀러 갈 때도 원영이 패밀리어를 시켜 알아서 해준다고 해서, 숙소나 교통편도 고민할 필요가 없었다. 항공편도 원영이 전세기를 보내준다고 했다.

전세기는 일반 항공기와 달리 입출국 수속도 별도고, 수화물 제한도 없었다. 오늘 쇼핑한 것만 해도 비행기 기내 반입 한도를 훨씬 넘는 양들이었다. 나코가 아니었으면 옮기지도 못했을 정도였다. 짐들 때문에 나코와 사쿠라씨는 대형 택시를 불러 싣고 갔다. 전세기는 또한 비행기 시간도 손님들 시간에 맞춰 운항한다고 했다. 대충 정해진 시간에 맞춰 가면 된다고 했다. 만일 늦으면 비행기가 기다린다고 한다. 원영이가 뱀파이어들은 패밀리어를 이용해 부유한 생활을 한다고 했다. 실제 지금 우리가 살고 있는 주택도 쉽게 구매할 정도로 원영은 부유했다. 드라큘라는 원영보다 더 부자일 거라고 생각했지만 이 정도일 줄은 몰랐다. 항공사까지 가지고 있다니 할 말이 없었다. 원영의 말로는 트란실바니아의 드라큘라 관광지 수입이 제법 된다고 했다.

나도 동아리방에서 부적 작업하는 게 눈치가 보여서 이번 기회에 쇼핑한 것을 내기로 했다.

"성신 오빠는 같이 못 간대?"

"아니 자기가 언제부터 그렇게 열심히 스펙 쌓았다고, 갔다 와서 해도 되고 내년에 해도 되는 걸 꼭 지금 한다고."

뽀로통한 표정의 채원이 빨대로 커피를 쪽쪽 빨아들였다.

"그런 주제에 여자들끼리 가는 거 위험하다. 기간이 너무 길다. 잔소리는."

그래도 분이 풀리지 않는지 빨대를 잘근잘근 씹었다.

"그런데 유리는 바로 온대?"

민주가 채원의 눈치를 보며 화제를 돌렸다.

"어, 유럽 일정 끝나고 바로 오기로 했어. 원영이가 전세기 보내준대."

"좋겠다. 원영이는 전세기 있으니까 마음대로 여행 다닐 거 아냐."

"그렇지."

내가 민주의 말에 맞장구를 쳤다.

원영이 말에 의하면 뱀파이어는 비행기도 야간에만 이용할 수 있었다. 장거리 비행을 하면 밤과 낮을 지나게 되는데 낮 동안 다른 사람이 창문을 여는 것이 뱀파이어에게는 치명적이었다. 그래서 비행기를 탈 때는 밤에 출발해 밤을 따라 이동하고 밤에 도착하는 비행기만 이용한다고 했다. 트란실바니아로 갈 때는 야간 비행기로 가면 되었다. 하지만 트란실바니아에서 한국으로 오려면 야간 비행기로 미국으로 가서 다시 야간 비행기로 한국으로 와야 했다. 전세기를 이용할 때도 주간에 사고 나면 큰일이니까 같은 코스만 이용했다. 하지만 우리 일행은 보통 사람이라 편한 시간에 갈 수 있었다. 오후 2시로 예정하고 일행이 도착하는 대로 출발하기로 했다.

"앞으로 여행 갈 때마다 원영이랑 같이 가면 좋겠다. 그럼 전세기로 갈 수 있잖아."

"그러니까."

채원과 민주가 신이 난 얼굴로 얘기를 주고받았다. 좋아하는 애들을 보며 머릿속으로 이런 생각이 들었다. 애들이 원영이 정체를 알면 어떻게 될까? 친구들은 내가 내림굿을 받고 저승사자가 신장인 것은 알지만 혼령을 보는 것은 모른다. 혜원이 기한 아저씨와 계약 맺은 것도 모르고, 혜원 역시 혼령을 보는 걸 모른다. 더구나 원영이가 사람의 피를 빠는 뱀파이어고, 나코는 구미호라는 것은 전혀 알지 못했다. 사실을 안 뒤에도 지금과 같은 관계를 유지할 수 있을까? 진실을 알면 나를 괴물로 보지 않을까? 차사님도 얘기했지만 나는 점점 죽음에 대해 무감각해지고 있다. 죽음이 더 이상 무섭지도 않고 슬프지도 않다. 차사님한테 말한 것처럼 죽음이 무섭고 싫은 건 사랑하는 사람들과 영영 이별해 볼 수 없어 그런 건데 나는 그렇지 않다. 나는 죽은 영들을 여전히 보고 만나고 있다. 빨대로 커피를 빨아들이며 문득 눈앞의 채원과 민주를 바라보았다. 나는 이제 점점 사람에서 괴물이 되어가고 있는 것은 아닐까. 이제 나는 괴물에

더 가까운 것일까. 목으로 커피를 넘기며 혼자 그런 고민에
빠졌다.

6월 8일

해수

 이틀 전에 있었던 테스트 결과를 토대로 신입 차사들의 공식 발령이 있는 날이었다. 발령을 받은 차사는 곧바로 업무에 투입되었다. 사무실은 그동안 지도 편달해 준 차사들과 답례를 하는 신입 차사들로 북새통이었다. 나도 민정 차사와 자경 차사, 도훈 차사와 인사를 하는 중이었다.
 "다들 발령 결과는 만족스러우셔?"
 웃으며 신입들을 둘러보았다. 나는 전날 사전 통보로 신입 차사들의 테스트 결과를 받은 상태였다. 민정 차사와 자경 차사, 도훈 차사가 서로를 쳐다보았다. 이제 발령 결과에 따라 함께 근무할 수도 있고 떠나야 할 차사도 있다. 자경 차사와 도훈 차사는 섭섭한 표정이었다. 처음에는 다들 낯설어했는데 몇 달 같이 지내보니 정이 든 모양이었다.
 "저는 현장직요."
 민정 차사가 밝은 표정으로 대답했다. 민정 차사는 테스트에서 가장 일찍 비행기로 뛰어들었고, 혼령들의 저승 인도도 가장 먼저 마쳤다.
"저도 현장직."
자경 차사가 미소를 지으며 말했다. 민정 차사만큼은 아니지만 자경 차사도 무난하게 혼령들을 인도하는 데 성공했다. 전체 테스트 대상 중에서 중간 성적이었다.
"저는 사무직으로…."
도훈 차사가 머쓱한지 뒷머리를 긁적이며 말했다. 도훈 차사는 테스트에서 인도해야 할 혼령의 삼분의 이를 놓쳤다. 그리고 대부분의 차사들이 혼령을 저승으로 인도한 뒤에야 비행기에서 겨우 일부 혼령을 데리고 나왔다. 그런데 도훈 차사의 얼굴이 생각보다 밝았다. 혼령을 인도하는 과정에서 실수가 잦았는데, 이제 혼령을 인도하지 않아도 된다는 사실에 안도하는 모습이었다. 도훈 차사가 실망한 모습이 아니라서 자경 차사와 민정 차사는 다행이라고 생각하는 듯했다.
차사는 현장 일이 많아 현장직 비중이 압도적이었다. 그렇지만 저승에 온 혼령들을 관리하는 사무직도 필요했다. 숫자는 현장직 차사가 많아도 고참 비율은 사무직 차사들이 월등히 높았다. 이승에 대한 미련이 많은 혼령이 차사가 되는 경우가 많았다. 현장직 차사들은 이승을 자주 오가며 남은 가족의 모습들을 보고, 그로 인해 남아 있던 미련이 사라져 환생하는 경우가 대부분이었다. 그런데 사무직들은 환생을 하지 않고 일을 계속했다. 이승을 오가지 않으니 미련이 그대로 남아 환생하는 경우가 적었다. 애초에 차사 일에 어떤 것이 중요하고 덜하고 할 것이 없었다.

"도훈 차사는 앞으로 혼령 인수인계하는 사무실에서 자주 보겠네."

"네."

도훈 차사가 홀가분한 표정으로 고개를 끄덕였다. 확실히 뭔가를 내려놓은 듯한 모습이었다. 생각보다 밝은 도훈 차사의 모습에 안심이 되었다. 이어 자경 차사와 민정 차사를 돌아보았다.

"자경 차사와 민정 차사는 현장직이라 각자 구역하고 일정이 있어 앞으로는 사무실에서나 가끔 보겠네."

"네. 그렇네요."

"뭐, 그렇죠."

사경 차사가 섭섭해하는 표정을 지었다. 자경 자사와 날리 민정 차사는 씩 웃어 보였다. 자경 차사는 그렇지만 민정 차사는 테스트 때 얘기한 대로 내 SNS 때문에 종종 보게 될 예정이었다.

"그동안 실습하느라 수고들 하셨습니다. 다들 차사가 되셨으니, 앞으로 함께 잘해봅시다."

웃으면서 한 명 한 명 손을 잡고 격려의 악수를 했다. 도훈 차사는 머쓱해하면서 내 손을 맞잡았다. 자경 차사는 악수를 하며 아쉬워했다. 다음 차례로 민정 차사의 손을 잡았다.

"잠깐만요. 선배님. 자경 차사님, 저 사진 좀."

민정 차사는 재빨리 양해를 구하고 자경 차사에게 폰을 내밀었다. SNS를 관리하면서 수시로 사진을 찍기 시작했다. 나는 번거롭고 귀찮기만 한데 무슨 일이 있을 때마다 사진을 찍는 민정 차사가 대단하다고 생각했다. 민정 차사의 부탁에 자경 차사와 도훈 차사가 아뿔싸 하는 표정을 지었다. 자신들도 사진을 찍을 걸 하고 아쉬워하는 듯했다.

"두 분 사진 제가 찍었어요. 제 것 찍고 공유해 드릴게요."

민정 차사가 웃으며 말했다. 어느새 내가 도훈 차사와 자경 차사와 악수하는 모습을 찍어뒀다. 몇 달 봤지만 민정 차사는 자신이 맡은 일은 확실하게 해내는 성격이었다. 그런 민정 차사가 새삼 대견하게 생각되었다.

"내가 찍어줄게."

자경 차사가 민정 차사에게서 폰을 받아 들었다. 자신이 깜박한 사진을 민정 차사가 찍었다는 것에 기분이 좋은 모습이었다. 나와 악수하는 사진을 찍은 후 민정 차사는 지나가던 차사에게 나와 동기들이 함께 있는 모습을 찍어달라고 부탁했다. 차사는 웃으면서 우리의 사진을 찍어줬다. 이제 민정 차사가 내 SNS 관리를 맡고 있는 것을 다른 차사들도 알고 있었다. 민정 차사가 사진을 찍어달라고 하면 차사들은 순순히 들어주었다. 그러는 사이 민정 차사도 차사들 사이에서는 제법 유명 인사가 돼 있었다.

"이제 가보셔야죠. 도훈 차사는 그쪽 사무실에 인사하러 가야 할 테고."

셋을 둘러보며 말했다.

"네, 안 그래도 저는 내일부터 나갈 사무실에 인사를 가야 해서."

도훈 차사가 쭈뼛거리며 말했다.

"그럼 인사는 여기까지 하기로 하죠. 뭐 앞으로 계속 볼 건데."

"네."

도훈 차사가 아쉬운 표정으로 인사하고는 사무실을 나섰다. 자경 차사도 같이 따라나섰다. 자경 차사는 섭섭한 마음에 도훈 차사가 근무할 곳을 봐두려는 모양이었다.

"선배님은 뭐 하실 거예요?"

돌아보니 민정 차사였다.

"난 여행 때문에 알아볼 것이 있어서. 넌?"
"저는 내일부터 제가 담당할 구역 돌아보려고요."
민정 차사가 말했다. 일에 있어서는 믿음직한 민정 차사였다.
"그래 그럼 나중에 봐."
"네."
민정 차사는 뭔가 좋은 일이 있는지 웃으며 돌아섰다. 사무실을 나가는 발걸음이 경쾌해 보였다.

사무실에서 볼일을 보고 원영의 집으로 내려왔다. 누가 왔는지 떠들썩했다. 거실로 들어서자 다들 수다를 떠느라 내가 들어온 줄도 몰랐다. 다가가 보니 여자아이와 같이 사는 혜원이라는 친구, 나코, 사쿠라, 기한과 함께 민정 차사가 웃으며 얘기하고 있었다.
"담당 구역 돌아본다고 가더니 벌써 다 돌아본 거야?"
"아뇨. 돌아보고 있잖아요. 여기."
민정 차사가 내 말에 장난스러운 웃음을 지어 보였다. 민정 차사가 하는 말이 무슨 말인지 선뜻 이해되지 않았다.
"민정 차사님 구역이 여기래요. 여기."
여자아이가 손가락으로 원을 그리며 말했다. 빙그레 웃는 민정 차사를 보니 경쾌하게 사무실을 떠나던 모습이 떠올랐다.

"어떻게 된 거야?"

내가 자리에 앉으며 물었다.

"제가 이번 테스트 수석이잖아요. 그래서 팀장님이 맡고 싶은 구역이 있냐고 물으시길래 이 구역 맡고 싶다고 했어요. 혜수 집과 학교 있는 곳. 서로 가까이 있는 게 편하잖아요. SNS 업데이트하기도 쉽고. 궁금한 거 있으면 물으러 오기도 편하고요."

민정 차사가 눈을 빛내며 말했다.

"차사님 이번에 수석 하셨어요?"

여자아이가 반색하며 되물었다.

"응. 너희들도 과 수석이었다며? 중간고사."

"네. 저랑 혜원이 둘 다요."

"Y대에서 수석이면 너희들 대단하다."

"차사님도 대단하세요. 실습 테스트 수석."

여자아이와 민정 차사는 서로에게 엄지를 치켜세웠다. 여자아이가 수식인 건 나도 놀랄 일이다. 혜원이라는 여자아이 친구는 고등학교 때부터 전교 1등이라 과 수석이 새로울 게 없었다. 민정 차사도 그간 실습에서 혼령으로 빠른 적응력과 똑 부러지는 일 처리를 보여주었다. 내심 실습 테스트에서 수석을 하지 않을까 하는 기대도 있었다. 그런데 여자아이는 고등학교 때 맨날 수업 시간에 졸기만 했었다. 그러다 3학년 때 갑자기 공부한다고 하더니 친구들과 같이 지금 대학에 들어갔다. 민정 차사의 말에 의하면 Y대 들어가는 게 힘들다고 한다. 그런데 여자아이는 내내 놀다가 1년 동안 바짝 공부해서 들어갔다. 그러더니 1학년 중간고사에서 과 수석을 했다. 예전에는 수업 시간에 조는 여자아이를 놀라게 하거나 아침에 늦잠 자면 깨운다고 욕조에 던지곤 하는 재미가 있었는데, 그런 게 사라졌다. 대신 똑똑하고 자신감 넘치고 성숙한 모습으로 변했다. 어린 여자아이라고만 생각했었는데 달라지는 모습에 나도 모르게 조심하는 마음이 생겼다.

"참 차사님, 여행 준비는 어떻게 되셨어요?"

민정 차사의 말에 여자아이가 나를 돌아보았다. 그러자 다른 사람의 시선들도 일제히 내게 쏠렸다.

"지난번 본 에밀 알지?"

"그때 오셨던 사신 분요? 독일에서 오신."

여자아이가 고개를 끄덕였다.

"에밀에게 연락했더니 처리해 주겠대. 가면 먼저 에밀 사무실에 가봐야 해. 따로 준비할 건 없대."

"그래요?"

내 말에 민정 차사와 여자아이가 고개를 끄덕했다.

해외에서 사고나 병으로 죽은 사람의 혼령을 인도하기 위해 차사가 다른 나라에 가는 경우가 간혹 있다. 그 경우 현지 사신이나 혼령을 인도하는 영들과 마주치기도 한다. 혼령을 인도하기 위해 가는 경우에는 명부를 보여주면 해결되었다. 외국에서 오는 경우도 마찬가지였다. 지난 네크로맨서 사건 때 유럽의 사신들이 명부와 같은 문서를 가지고 내한했다. 서류가 있으면 별문제가 없었다. 문제는 차사인 내가 업무가 아닌 일로 유럽을 가는 것이었다. 차사가 업무가 아닌 일로 다른 나라를 방문하는 경우가 없어 어떻게 처리해야 할지 몰랐다. 차사가 악령은 아니니 별문제는 없을 것 같지만, 일단 에밀의 사무실에 들러 사신들에게 인사를 하는 것으로 정리되었다.

"너희는? 여행 준비 다 됐어?"

"저희도 뭐. 그렇게 많이 필요 없어요. 요새는 거기도 한국 물건들 많고 웬만한 거는 원영이가 준비해 놓는다고 했거든요. 뭐 캐리어랑 옷, 화장품 같은 것들만 챙겨 가면 돼요. 이번에 새로 산 거는 캐리어에 다 넣어놨고, 쓰던 것들만 챙기면 돼요. 혜원이 넌 다 챙겼냐?"

여자아이가 혜원이라는 아이에게 물었다.

"난 벌써 다 싸뒀지. 난 미리 하잖아. 주말에 다 싸뒀어."

"너 어제 산 것들도 있잖아."

"그건 어제 산 캐리어에 쇼핑하면서 벌써 다 넣어뒀지."

혜원은 여자아이의 말에 자신만만한 웃음을 지어 보였다. 혜원이라는 아이는 처음부터 뭐든 미리미리 준비해 두는 성격이었다. 왜 고등학교에서 늘 전교 1등에 반장에 학생회장까지 했는지 이해가 되었다.

"기한 아저씨는 어떻게? 그냥 가시면 돼요?"

여자아이의 질문에 나코와 얘기하던 기한이 돌아보았다.

"나? 난 그냥 가면 돼."

"아니 차사님은 미리 얘기하고 가야 한다고 하시는데 아저씨는 괜찮아요?"

기한은 여자아이의 말에 날 돌아보며 씩 웃었다.

"아, 그거. 난 차사님하고 다르지. 차사님은 조직에 속해 있는 분이잖아. 조직이니까 지정된 구역이 있고. 게다가 혼령을 인도하는 능력도 있으시고. 하지만 난 아니잖아. 어디 조직에 소속된 게 아니니까 지정된 구역이 없어. 어디든 마음대로 다닐 수 있지. 악령도 아니니 더 문제가 없고. 게다가 난 혜원이랑 계약 관계잖아. 혜원이가 가는 데는 나도 갈 수 있어."

기한이 자신과 혜원을 번갈아 가리키며 말했다. 하긴 기한은 혜원이라는 아이와 계약 관계여서 둘이 같이 다니는데 문제가 없었다. 나도 저승사자가 아니면 여자아이의 신장이라 문제가 없었을 것이다.

"원영이 하고는 연락해 봤어?"

"네. 안 그래도 민정 차사님 얘기하러 통화했어요."

"거기 정리는 다 된 거야?"

"네. 다시 확인해 봤는데 빼먹은 패밀리어는 없대요. 다른 뱀파이어 흔적도 없고. 드라큘라 사건으로 부족한 패밀리어도 다 보충했대요. 저희가 쓸 방이나 다른 것들도 다 준비됐다고, 오기만 하면 된대요."

여자아이가 차근차근 설명해 주었다. 원영은 아이들의 여행을 준비하기 위해 지난주에 미리 출국했다고 한다. 현지에서 준비를 마치고 기다리는 중이었다.

700년이 넘도록 이승을 오가며 세상의 변화를 많이 경험했다고 생각했는데 이번 여행으로 새삼 세상이 변한 것을 다시금 깨닫게 되었다. 혼령이라 시간과 거리의 개념이 없어 몰랐는데, 멀리 이동하는 것이 생각도 못 할 정도로 편해진 세상이었다. 내가 살았을 적에는 옆 마을 가는 것도 길어가야 하니 한나절이 걸렸나. 그런데 지금은 한나절이면 지구 반대편에 있는 나라까지 간다고 했다. 그것도 힘들게 가는 것이 아니라 비행기를 타고 편하게 앉아서 간다고 한다. 여자아이 말로는 일반 비행기면 좌석도 좁고, 제한도 많고, 시간도 정해져 있어 힘들다고 한다. 앉아 가는 데 힘들다는 것이 이해는 안 가지만 어쨌든 여자아이 기준에서는 힘들다고 했다. 백 명이 넘는 모르는 사람들과 한나절 동안 같이 앉아 있으려면 불편하기는 할 것 같다는 생각이 들기는 했다.

그런데 여자아이와 친구들은 원영이 보내주는 전세기를 타고 간다고 한다. 전세기는 일반 비행기보다 작지만 여자아이와 친구들만 탄다고 한다. 좌석도 일반 비행기보다 넓고 쾌적하고 나오는 음식도 좋다고 했다. 비행기를 타면 빨리 하늘을 날아가기만 하는 게 아니라 밥도 주고 마실 것도 준다고 한다. 내가 살았을 때는 옆 마을까지 걸어가다 목마르면 개울물을 마셨다. 세상 참 좋아졌다. 격세지감이 이런 걸 말하는 걸까. 대신 뭘 하려면 내가 살아 있을 때는 상상도 못 할 돈을 줘야 한다. 일반 비행기를 타고 원영이 있는 곳까지 가려면 150만 원 정도가 든다고 한다. 150만 원이 어느 정도인지 몰라 쌀로 물어보니 웬만한 쌀 20킬로가 6만 원 정도라 스물다섯 포대가 넘었다. 처음에 20킬로가 얼마나 되는지 몰라 가마니로 물어보니, 한 가마니가 80킬로라고 한다. 20킬로 스물다섯 포대면 쌀 여섯 가마니가 넘었다. 여섯 가마니면 일 년 내 쌀밥만 먹어도 네 식구가 먹을 수 있는 양이었다. 옛날 같으면 몇 년을 걸어가야 할 거리를 앉아서 한나절에 갈 수 있지만 대신 네 식구가 일 년 동안 먹는 쌀값을 내야 했다. 나는 커다랗게 숨을 들이마셨다. 새삼 세상의 변화가 느껴졌다. 많은 것을 보고 들었다고 자부했는데도 아직 세상에 대해 모르는 것이 많다는 것을 깨달았다. 얘기를 듣다 궁금해서 물어보니 여자아이가 부적으로 한 달 동안 버는 돈이 비행기값의 몇 배가 된다고 한다. 내가 살았을 때는 온 가족이 죽어라 일해도 굶는 일이 태반이었다. 그런데 여자아이는 컴퓨터 앞에 앉아서 하는 일로 한 달 만에 내 가족이 일 년 동안 죽어라 일해 버는 것의 몇십 배를 벌었다. 어제 친구들과 쇼핑하느라 한 달 버는 걸 썼다고 한다. 세상이 좋아지면서도 한편 많이 달라졌다는 생각이 들었다.

 물어본 김에 알아보니 커피 한 잔 값이 일주일치 쌀값이라고 한다. 여자아이는 별것 아니라는 듯 얘기했지만 왠지 미안해지는 마음이었다.

6월 9일

혜수

    동아리방은 오컬트 동아리방이라기보다는 휴게실에 더 가까웠다. 한적한 곳에 있어 다른 사람들을 신경 쓸 필요가 없는 건 좋았다. 벽의 전신거울과 캐비닛. 채원의 화장품이 들어 있는 라탄 소재의 바구니들. 편하게 앉을 수 있는 푹신한 소파. 벽에 혜원이가 퇴마 애니와 요괴가 그려진 포스터를 붙여놨는데 채원이 보자마자 뜯어 버렸다. 그날 저녁 혜원이가 다시 포스터를 붙이고 채원이는 떼 버렸다. 붙이고 떼고 붙이고 떼고, 며칠 포스터를 갖고 둘이 아옹다옹했다. 혜원은 안 들키려고 캐비닛 안쪽에 붙이기도 했다. 그러면 채원은 귀신같이 찾아냈다. 어제는 혜원이 전신거울 뒤에 메두사 그림을 붙여놓은 걸 채원이 찾아서 찢어 버렸다. 혜원이가 룰루랄라 하고 있는데 채원이가 포스터를 북북 뜯었다. 혜원이 안 보이게 숨겨 붙여도 채원이가 찾아내는 게 재미있었다. 며칠 전에도 혜원이가 동아리방 벽에 뭔가 붙이고 있는 것을 채원이 들어오면서 보고 바로 찢어버렸다.

"야, 이거 이상한 거 아냐."

혜원이 소리치자 그제야 채원이 벽을 쳐다보았다. 혜원이 붙이고 있던 것은 풍경화였다.

"어머, 미안. 난 네가 붙이길래 또 이상한 건 줄 알고."

보지도 않고 찢은 게 미안해서 채원이가 손에 든 조각을 다시 붙이려고 했다. 그런데 종이 뒤로 다른 종이가 팔랑 떨어졌다.

"뭐야 이거?"

채원이가 바닥에 떨어진 종이를 주워 들었다. 그때 문소리가 나며 혜원이가 재빨리 밖으로 도망쳤다. 혜원의 행동에 뭔가 눈치챈 채원이 벽에 붙어 있는 풍경 그림을 떼어냈다. 풍경 그림 뒤에는 기괴한 모습의 악귀들이 그려진 오컬트 애니 포스터가 붙어 있었다.

"머리 쓴다."

채원은 머리를 흔들며 혜원이 몰래 붙인 포스터를 떼어내 갈기갈기 찢어 버렸다. 그래서 지금은 벽에 아무것도 붙어 있지 않았다.

뒤편 책상은 내가 부적 작업을 하기 위해 갖다 놓은 프린터와 장비들이 차지하고 있다. 나는 지금 그 책상에서 몇 시간째 부적 작업을 하는 중이었다. 여행이랑 방학 동안 일정이 어떻게 될지 몰라 개강할 때까지 세 달치 부적 작업을 미리 해두려는 것이다. 예전 같으면 생각지도 못할 분량이었다. 부적 작업에서 어려운 부분은 영기를 불어넣는 작업이었다. 프린트나 주사로 룬을 쓰는 작업은 시간을 들이면 할 수 있는 일이다. 그런데 영기를 불어넣는 것은 신장들에 따라 다르고, 영기를 회복하는 데는 시간이 오래 걸렸다. 그래서 예전에는 부적을 미리 만들어두려고 해도 할 수가 없었다. 그런데 지금은 달랐다. 동방 팀장님의 지도를 받은 뒤로 나의 영기가 강해졌다. 동방 팀장님 말씀으로는 일반 차사님들의 영기를 넘는 수준이라고 했다. 그리고 신장들과 달리 영기를 소모해도 수련을 하면 한두 시간 만에 다시 채워졌다. 덕분에 영기를 불어넣는 작업을 혼자 하는데도 이전보다 빨랐다. 혼자서 하니 주입되는 영기의 양도 일정해서 부적의 효과도 전보다 안정적이었다. 한참 작업을 하고 있는데 아기동자가 옆에서 계속 왔다 갔다 했다. 다른 때는 지현이랑 노느라 정신이 없으면서, 부적 작업을 하면 저렇게 안절부절못했다. 뭔가 할 말이 있는데 못 하는 듯한 모습이었다.

"왜? 뭐 할 말 있어?"

"아니, 아냐."

아기동자가 아니라고 고개를 흔들었다. 그런데 그러고 나서도 계속 동아리방을 왔다 갔다 하면서 신경 쓰이게 했다.

"뭔데. 할 말 있으면 해. 정신없게 왔다 갔다 하지 말고."

짜증이 나서 말했다. 아기동자가 계속 나를 힐끔힐끔 보며 방을 서성거리는 것에 신경이 쓰였다. 그래서 영기를 불어넣는 일에 집중이 안 되었다. 짜증 내며 말하자 아기동자가 슬그머니 다가왔다.

"저, 그게."

"그게, 뭐?"

짜증이 나서 목소리가 커졌다. 아기동자가 슬며시 눈치를 보았다.

"그게 다른 게 아니라 예전에는 부적 작업을 우리가 같이 도와줬는데 지금은 너 혼자 하잖아?"

"그래서?"

"그러니까 혼자 하면 힘들지 않냐고. 왜 예전에는 돌아가면서 했는데 너 혼자 하니까 힘들 수 있잖아. 그게 걱정돼서 그러지."

아기동자가 기저귀를 추켜올리며 말했다. 말은 생각해 주는 척하지만 눈을 못 마주치는 게 뭔가 다른 꿍꿍이가 있는 듯 보였다. 아기동자가 계속 내 눈치를 보며 눈을 깜박였다. 그걸 보자 대충 감이 왔다. 왜 그렇게 아기동자가 안절부절못하고 있는지.

"왜, 내가 혼자 한다고 순녀 언니 부적값 다 받을까 봐?"

그전에는 신장들이 도와준다는 조건으로 부적값을 50% 깎아주었다. 지금은 나 혼자 작업하니까 다 받으면 어쩌나 하는 눈치였다.

"아니, 부적값 때문에 그렇다는 게 아니라, 다 같이 도우면서 하는 게 더 좋지 않겠냐 하는 거지. 서로 도와가면서."

아기동자가 펄쩍 뛰며 손을 내저었다. 정곡을 찔려 뜨끔한 표정을 들키지 않으려 억지로 웃음을 지었다. 그런데 어느새 두 손을 앞으로 공손히 모으고 있다. 그전에는 신장들 중에서 고참이라고 거들먹거리고 다녔는데, 지현이 일 뒤로 내 눈치를 보고 있다. 거기다 부적 작업까지 나 혼자 한 뒤로는 부적 눈치를 보았다.

"영혼 없는 소리, 아니 신장이니까 그건 아닌가? 일단 됐고, 순녀 언니 부적값은 걱정하지 마. 시험 때도 그렇고, 이번 여행 때도 순녀 언니가 부적 일 봐주기로 했잖아. 이번 기회에 난 부적 만드는 것만 하고, 다른 일은 전부 순녀 언니에게 맡기려고. 내가 원영이랑 같이 사는 것 때문에 할머니도 오기 불편해하시는 것 같기도 하고. 어제 얘기해 봤더니 순녀 언니도 좋대."

"어제라고? 그런데 난 왜 몰랐지? 근데 그렇게 하면 좋은 거야?"

아기동자가 바싹 붙어 물었다.

"어제 순녀 언니랑 통화할 때 옆에 있었는데도 몰랐지. 지현이랑 노느라."

내 말에 아기동자가 얼굴을 붉히며 머리를 긁적였다.

"나는 순녀 언니에게 70%로 넘기고, 순녀 언니가 다른 언니들에게 100% 값을 받을 거야. 할머니는 별도고. 순녀 언니 마진은 비밀이니까 다른 신장들에게 얘기하지 마."

"오케이."

"특히 장군이한테는 절대 얘기하지 마."

"당연하지. 개한테 얘기하면 바로 말숙이한테 들어가잖아. 걔는 어떻게 신장이 무당한테 꼼짝을 못 하니."

아기동자가 탐탁지 않은 표정으로 혀를 찼다. 그걸 보며 나도 피식했다. 순녀 언니는 무당 중에서 나이가 많기도 했지만 거래 관계가 확실해 제일 믿음이 갔다. 대학 오면서 이런저런 일들도 있고 해서 생각한 것을 어제 순녀 언니에게 얘기했다. 순녀 언니는 자신이 도와주겠다고 쉽게 승낙했다. 마진 얘기를 하자 그럴 필요 없다고 거절했다. 하지만 그게 마음이 편하다는 내 말에 그렇게 하자고 했다. 잘난 체하는 아기동자를 신장으로 모시고 있지만 착하고 순한 성격의 순녀 언니는 용하다고 소문이 난 것에 비해 그렇게 많은 돈을 벌지는 못했다. 이번 일이 순녀 언니에게 좋은 기회가 되었으면 했다.

"나 나머지 부적들 작업해야 돼. 넌 어떡할 거야?"

"나? 나 신경 쓰지 마. 무슨 일 있을지 모르니까 한쪽에 조용히 있을게."

아기동자는 말하고 나서 바로 창가로 가서 자리를 잡았다. 영기를 불어넣어야 하는 부적의 양을 보니 대충 한 시간 정도 작업해야 되는 양이었다. 중간에 한 번 영기 보충이 필요해 보였다.

"나 영기 보충해야 하니까 밖에 좀 봐줘."

"그래 나만 믿어."

아기동자가 큰소리치고는 문으로 나갔다. 아기동자가 나가자 바닥에 가부좌를 하고 앉았다. 동방 팀장님에게 배운 대로 눈을 감고 천천히 호흡하며 영기를 순환시키기 시작했다.

이마에 흐르는 땀을 훔치며 할머니 집의 대문을 밀었다. 마당의 빨간 찔레꽃이 어서 오라고 반겨주었다. 바람결에 싱그러운 찔레꽃 향기가 날아왔다. 이때쯤이면 집 뒤편 울타리에도 찔레꽃이 흐드러져 있다. 등에 멘 백 팩에 오늘 작업한 부적이 들어 있었다. 부적 작업의 양이 만만치 않아 서둘러 끝냈는데도 숨을 헐떡이며 달려왔다. 다행히 약속 시간에 늦지 않았다. 현관의 도어락을 열고 안으로 들어섰다. 할머니는 또 지방 출장이었다. 안으로 들어가자마자 컵에 물을 따라 단숨에 마셨다. 전철역에서 잠깐 걸어왔는데 벌써 등이 축축했다. 한숨 돌리고 나서 냉장고에서 할머니가 만들어 둔 과일청을 꺼냈다. 잔들을 꺼내 얼음을 넣고 사람 수대로 오미자차를 타기 시작했다. 스푼으로 젓고 있는데 대문의 벨이 울렸다.

 오랜만에 모인 언니들이 마루에 둘러앉았다. 모두 반갑게 인사를 나누고 난 뒤 내가 나눠 준 부적들을 확인하고 입금을 하고 있다. 그런데 아까부터 제니, 아니 말숙 언니만 내 눈치를 보는 중이었다. 말숙 언니는 지난달에 받아 간 부적 비용도 아직 입금을 못 한 상황이었다. 오늘까지 꼭 주겠다고 하고선 아직 입금하지 못하고 내 눈치를 보고 있다. 다른 언니들은 바로 입금하는데 항상 며칠씩 늦더니 이번에는 한 달 가까이 늦었는데도 입금이 안 되었다. 지난번에 날짜 어기면 부적을 안 준다고 했는데도 약속을 지키지 않았다. 말숙 언니가 내 옆으로 슬금슬금 다가와 앉았다.

 "혜수야. 정말 미안한데, 내가 이번에 정말 어쩔 수 없는 사정이 생겨서 그렇게 됐어. 다다음 주에 광고비 입금되니까 내가 그때 한꺼번에 계산해 줄게. 원금에 이자까지 10% 더 얹어서. 응? 그러니까 이번 한 번만, 이번 한 번만 봐주라."

말숙 언니는 눈치를 보며 사정을 했다. 오늘 들고 온 백은 또 못 보던 것이었다. 얼굴도 그새 좀 달라져 있다. 말숙 언니는 명품백과 치장하는 데 돈을 쓰느라 언제나 약속한 날짜를 지키지 못했다. 한숨을 후, 하고 쉬고 있는데 뒤에서 투닥거리는 소리가 났다. 말숙 언니의 뒤에서 장군 신장이 아기동자 앞에 무릎을 꿇고 두 손을 든 채 고개를 숙이고 있다. 말숙 언니는 나도 내림굿을 받아 신장들이 보이고 그들이 하는 얘기까지 듣는 줄 모르는 모양이었다. 오늘도 입금을 못 했다는 얘기에 아기동자가 벌로 장군 신장을 족치기 시작했다. 장군 신장은 말숙 언니가 지난달 받아 간 부적을 비싼 값에 다 팔았고, 그 돈으로 신상 백을 샀다는 것까지 다 말했다. 장군 신장은 착하고 순진해서 거짓말을 못 했다. 대신 신장이면서 무당인 말숙 언니에게 휘둘렸다. 다 알고 있는 상대에게 뻔한 거짓말을 하는 게 그렇긴 하지만, 내가 경제적으로 어려운 것은 아니라 심하게 뭐라고 할 것까지는 아니었다. 대신 순녀 언니에게 말숙 언니는 무조건 선입금을 받으라고 얘기해 두었다.

"뭐 사정이 그렇다면 할 수 없죠. 다다음 주에는 확실한 거죠?"

"응. 다다음 주에 광고비 들어오면 꼭 입금할게. 그러니까 이번 달 부적 좀 부탁할게."

말숙 언니는 미안한 얼굴로 두 손을 모아 비는 시늉을 했다. 말숙 언니 너머로 장군 신장은 바닥에 머리를 박고 있다. 말숙 언니가 뻔뻔하게 거짓말하며 부적을 부탁하는 걸 보고, 아기동자가 기합 주고 있었다.

"몇 장요?"

"50장, 아니 40장만 어떻게 안 될까?"

말숙 언니가 꼭 부탁한다는 듯 내 손을 덥석 잡았다. 지난달 부적값까지 만들려면 40장은 있어야 했다. 나는 말숙 언니가 온라인 방송으로 일반인에게 부적을 비싸게 파는 것을 알고 있다. 부적 종류도 무시하고 팔고 있는 것도 알았다. 앞으로 순녀 언니가 상대할 거라 이번까지 봐주기로 했다.

"40장만 해요."

내 말에 말숙 언니가 활짝 웃었다. 나는 부적을 세려고 집어 들었다.

"근데 혜수야. 너 이번에 여행 트란실바니아로 간다며? 한 달 넘게."

말숙 언니가 옆으로 바싹 다가앉으며 물었다. 보나 마나 여행 얘기를 장군 신장에게 들은 모양이었다. 귀찮은 일이 생길까 봐 얘기하지 말라고 했었는데, 역시 장군 신장은 믿을 수가 없었다. 그때 뒤통수에서 비명 소리가 울렸다.

"악, 형님. 그게 아니라, 미니가 혜수가 어떻게 지내는지 물어봐서 얘기하다가 실수로, 제가 실수로."

"뭐, 미니? 너 그럴까 봐 미닌지 제닌지 하니한테는 절대 말하지 말라고 했지."

아기동자는 장군 신장의 등 뒤에 올라타 목을 조르고 있다.

"저도 얘기하지 않으려고 했는데, 미니가 하도 궁금해해서."

"궁금해한다고 얘기하냐? 그럴 거면 아예 처음부터 다 얘기하지."

"아, 처음부터 얘기해도 되는 거였습니까?"

"얘기해도 되는 거면 내가 지금 이러고 있겠냐? 죽어. 죽어."

아기동자는 정말 장군 신장을 죽이려는 듯 있는 힘을 다해 목을 졸랐다. 신장이 목을 조른다고 죽지는 않지만 장군 신장은 아기동자의 눈치를 보느라 일부러 고통스러운 듯 몸을 뒤틀었다. 대화를 하다 실수로 여행 얘기가 나왔고 말숙 언니가 꼬치꼬치 캐물었을 게 뻔했다. 장군 신장과 아기동자에게서 눈을 돌리자 말숙 언니가 나를 빤히 쳐다보고 있다.

"네. 친구들이랑."

"좋겠다. 해외여행 한 달 넘게 가고. 난 한 번도 나가본 적이 없는데. 트란실바니아면 드라큘라성 있는 데잖아. 거기면 콘텐츠 많이 나올 거 같은데."

말숙 언니는 원하는 걸 받아내려고 하는 듯 눈을 반짝이며 나를 바라보았다. 그때 벽력같은 아기동자의 목소리가 날아들었다.

"뭐? 원영이네 성에서 있을 거라는 것까지 다 불었다고. 아예 전세기로 가는 것까지 다 불지."

"예. 형님. 전세기로 가는 것은 벌써 말했습니다."

"뭐, 전세기는 벌써 얘기했어?"

"그 얘기 듣자마자 미니가 여권부터 만들었습니다."

장군 신장의 말이 떨어지기가 무섭게 아기동자는 있는 힘껏 다시 목을 조르기 시작했다. 저러다 정말 장군 신장의 목이 떨어져 나갈 것만 같았다. 말숙 언니가 같이 가면 친구들이 불편해할 것 같았다. 게다가 말숙 언니가 원영이랑 나코의 정체를 알면 골치 아플 게 뻔했다. 얼른 여기서 잘라야 했다.

"언니 부적 필요하지 않은가 봐?"

내가 손에 든 부적을 팔랑거렸다. 그걸 보더니 말숙 언니가 아차 하는 표정이 되었다.

"아니. 난 그냥 부러워서."

말숙 언니는 눈치를 보며 슬며시 부적을 받아 들었다. 그 모습에 아기동자는 어깨를 밟고 서서 장군 신장의 머리를 뽑아버리려고 했다. 장군 신장이 다시 소리 높여 비명을 질렀다.

"악. 형님. 머리. 머리."

"너는 머리로 생각이란 걸 안 하잖아. 그러니까 필요도 없는 이런 머리, 내가 오늘은 기필코 뽑아버리고 말 거야."

장군 신장이 비명을 지르거나 말거나 말숙 언니는 부적을 받아서 신나게 세고 있다. 부적의 숫자가 40장을 넘어가자 눈에 띄게 좋아했다.

"50장이에요. 돈은 다다음 주에 순녀 언니에게 보내시면 돼요."

"순녀 언니? 왜?"

말숙 언니가 깜짝 놀라 쳐다보았다. 언니의 미간에 주름이 잡혔다. 말숙 언니는 나이 어린 나와 달리 할머니 제자 중 가장 연장자인 순녀 언니를 어려워했다.

"다른 분들도 잠깐만요."

내 말에 무당들이 모두 고개를 돌리고 쳐다보았다. 순녀 언니는 나와 눈이 마주치자 얘기해도 좋다고 고개를 끄덕였다.

"제가 대학 때문에 일정이 있어서 앞으로 부적은 순녀 언니를 통해 드리기로 했어요. 가격은 그대로예요. 대신 입금은 순녀 언니에게 하시면 돼요."

무당들이 하나둘 고개를 끄덕였다. 앞으로 부적 거래를 순녀 언니를 통해서 한다는 말에 순순히 수긍했다. 사실 어린 나와 매번 돈거래 하는 것보다는 순녀 언니와 하는 것이 편한 모습이었다. 말숙 언니 혼자만 곤혹스러운 표정이었다. 내겐 매번 핑계를 대고 넘어갔지만 순녀 언니에게는 힘들 것이다. 진작 이렇게 할걸 하는 생각이 들었다.

"말숙이 너 금방 혜수에게 몇 장 받았니?"

순녀 언니의 말에 말숙 언니가 뜨끔한 표정을 지었다.

"40, 아니 50장요."

"언제까지 입금할 거야?"

순녀 언니는 폰을 꺼내 메모했다. 순한 성격이지만 무당은 무당이었다. 악귀를 쫓거나 하는 실력은 할머니 다음으로 뛰어났다.

"다다음 주 금요일까지요."

말숙 언니가 순녀 언니의 눈치를 보며 쭈뼛쭈뼛 말했다.

"다다음 주 금요일? 25일이네. 날짜 꼭 지켜."

"네."

말숙 언니가 다소곳하게 대꾸했다. 순녀 언니에게는 찍 소리 못하는 눈치였다. 그제야 아기동자가 장군 신장 등에서 폴짝 뛰어내리며 손을 탁탁 털었다. 이제 화가 풀린 모양이었다. 그때 민정 차사가 벽으로 들어왔다.

"어, 차사님. 웬일이세요?"

"아, 일 끝나고 너 어디 있나 했는데 평소와 다른 곳에 있길래 와봤지. 어라? 개똥이랑 장군이도 있네. 근데 이 사람들 누구야? 무당들 같은데."

민정 차사가 주위를 둘러보며 말했다. 할머니의 제자들을 민정 차사가 처음 보기는 했다. 민정 차사를 보고 아기동자와 장군 신장이 인사를 했다. 장군 신장은 아기동자에게 잡혀 있던 목을 푸느라 엉거주춤한 자세였다.

"할머니 제자분들요. 제가 만든 부적 팔아주시는 분들이에요."

"아, 그때 얘기한."

민정 차사는 전에 들은 말이 떠올랐는지 고개를 끄덕이며 언니들을 돌아봤다.

"혜수야. 누가 오셨니?"

순녀 언니가 어떤 기척을 느꼈는지 나를 보며 물었다. 그에 반해 다른 언니들은 아무것도 못 느낀 모양이었다. 민정 차사는 자신의 존재를 느낀 순녀 언니를 흥미 있는 눈빛으로 바라보았다.

"민정 차사님이라고. 저희 차사님하고 같이 일하시는 분이에요."

내가 손으로 민정 차사를 가리켰다. 그 말에 순녀 언니는 민정 차사를 향해 공손하게 고개를 숙였다. 다른 무당들도 무슨 일인가 하더니 모두 순녀 언니를 따라서 민정 차사에게 공손하게 머리를 숙였다.

"여긴 순녀 언니예요. 아기동자를 모시는."

아기동자라는 말에 민정 차사가 고개를 갸웃거렸다.

"개똥이요. 저기."

내가 아기동자를 가리키며 말했다. 그제야 알아듣고 민정 차사가 웃었다.

"다른 사람들은 모르는데 혼자만 뭔가 느끼는 걸 보면 제일 실력이 있는 사람 같네."

"네. 순녀 언니가 할머니 다음가는 실력자예요. 여기서 제일 언니이기도 하고."

"이렇게 보니까 그림 괜찮은데. 지난번에 차사님 혼자 일하시는 사진 올렸는데, 이번에는 네가 혼자 일하는 사진 올려도 좋을 거 같아. 같이 한 장 찍을까?"

민정 차사가 미소를 지으며 말했다.

"그러죠. 언니들에게는 설명하려면 길어지니까 그냥 이대로 찍을까요?"

"그래."

민정 차사는 폰을 꺼내 들고 고개를 숙이고 있는 언니들을 배경으로 사진을 찍었다. 어느새 아기동자가 쏜살같이 오더니 나와 민정 차사 사이에서 함께 포즈를 잡았다. 씩 웃으며 손으로 V자를 그리고 있다. 그 모습을 장군 신장이 멀뚱멀뚱 쳐다보았다.

6월 10일

해수

엘리베이터에서 내려 건물을 빠져나왔다. G 지구를 향해 걸었다. 저승도 이제 여름의 시작이다. 고개를 위로 들었다. 희디흰 태양. 창백한 햇살. 흐릿하고 무표정한 풍경들. 저승의 여름은 생기가 없다.

G 지구로 다가갔다. 단층의 건물이 늘어서 있다. 그중 한 사무실로 들어갔다. 차사가 혼령을 데리고 오면 수속을 밟는 곳이다. 이승에서 인도해 온 혼령에게 저승 생활에 대해 설명하고 안내하는 사무실이라 조용하고 차분한 분위기였다. 여기서 접수를 마친 망자는 A 지구의 영생 빌라, B 지구의 정토 빌라, C 지구의 극락 빌라로 가서 지내게 된다. 그리고 49재 후 이곳을 떠나 저승으로 완전히 들어가게 된다. 사무실에는 주민센터처럼 대기하는 의자들이 놓여 있고, 앞에 접수를 담당하는 차사들이 앉아 있다. 사무실 한쪽에 혼령과 상담하는 도훈의 모습이 보였다. 나는 대기석

에 앉아 상담이 끝나기를 기다리며 지켜봤다. 도훈 차사는 예상하지 못한 일이 생기면 당황하던 현장과는 달리 혼령에게 설명서를 들어 보이며 차분하게 설명하고 있다. 얼굴에 옅은 미소를 띤 게 여유가 있는 모습이었다. 사무직이 되어 풀이 죽어 있지는 않을까 했는데 괜찮아 보였다.

상담이 끝났는지 도훈 차사 앞에 앉아 있던 혼령이 일어섰다. 도훈 차사도 같이 자리에서 일어나 혼령을 배웅했다. 나와 눈이 마주친 도훈 차사는 반가워하는 표정이었다. 그쪽으로 가서 도훈 차사의 맞은편에 앉았다.

"좋아 보이네. 사무직이 잘 맞나 봐?"

"그래 보이나요? 저는 살아 있을 때 쭉 사무직만 했거든요. 여기서도 그런 거 보면 전 사무직 체질인가 봐요."

도훈 차사가 말하며 멋쩍은 듯 머리를 긁었다. 쑥스러운 모습이었다. 하지만 표정은 밝았다.

"일은 할 만해?"

"예. 여기서는 시간에 쫓기거나 하지 않으니까 마음이 편해요. 오신 분들에게 설명해 드리는 것도 어렵지 않고요."

도훈 차사가 얘기했다. 말뿐이 아니라 표정도 한결 여유가 있어 보였다. 도훈 차사는 현장직보다는 사무직이 잘 맞는 듯했다. 나도 안심이 되었다.

"민정 차사와 자경 차사는 다녀갔어?"

"네. 자경 차사는 올 때마다 얼굴 보고 갑니다. 민정 차사도 좀 전에 왔다 갔어요. 참 차사님 어디 여행 가신다면서요? 민정 차사가 얘기하더라고요."

"아, 내 무당 하는 아이가 여행 간다고 해서. 여행이라고 해봐야 이승에 있는 장소만 바뀌는 거지 저승으로 돌아오면 여기로 오니까 여행이라고 하기도 그래."

내 말에 도훈 차사가 설핏 미소를 지었다. 이번 여행은 여자아이의 여행이었다. 그래서 이승에 있는 장소는 달라진다. 그런데 저승은 같은 곳으로 돌아온다. 예전에 혼령을 인도하러 다른 나라에 갔을 때도 늘 하던 대로 전철을 타고 돌아왔다. 이승에 있는 장소가 달라진다고 저승에 있는 장소까지 달라지지는 않았다. 그래서 여행이라고 하기 애매했다. 하지만 저승에 돌아오지 않고 이승에만 머물면, 장소가 달라지니 여행은 여행이었다. 어떻게 하냐에 따라 여행일 수도 있고 여행이 아닐 수도 있는 어정쩡한 상황이었다. 도훈 차사의 입가에 다시 미소가 떠올랐다.

"말씀 들으니 마치 어디 출장 가는 것 같네요. 일하는 곳은 달라지는데 퇴근하면 집으로 가는 것은 같으니까요."

"그런 셈이지."

내가 머리를 주억거렸다. 도훈 차사의 설명을 들으니 이런 게 출장인 모양이었다. 그러고 보니 혼령을 인도하러 다른 나라에 갈 때 최근에 들어온 차사들이 출장이라고 하는 것을 들었던 적이 있었다. 그땐 그렇게 부르나 했는데 도훈 차사의 설명을 들으니 이런 경우가 출장인 것 같았다. 의자를 밀며 자리에서 일어섰다.
"난 이만 가봐야 할 거 같아. 어떻게 지내나 들러봤어."
"네. 들러주셔서 감사합니다."
도훈 차사가 자리에서 일어나 목례했다.
"수고. 다음에 봐."
인사하고 문 쪽을 향해 걸었다. 사무실을 나와 시계를 보니 여자아이가 집에서 슬슬 출발할 시간이었다. 역으로 걸음을 재촉했다. 외선이 들어오자 얼른 올라타 창에 머리를 기대고 눈을 감았다. 전철이 덜컹덜컹 리듬에 맞춰 달려가기 시작했다.

집에 채 들어서지도 않았는데 여자아이와 친구들의 목소리가 터져 나왔다. 거실 여기저기에 커다란 가방들이 널브러져 있다. 대충 봐도 10여 개가 넘어 보였다. 여자아이와 친구들은 거실을 돌아다니며 부산을 떨었다.
"내 가방 어딨어? 나 그거 없으면 안 돼."
"네 건 저기 있잖아. 소파 오른쪽."
"아, 맞다."

여자아이의 친구 하나가 재빨리 소파 옆으로 쫓아갔다. 가방을 질질 끌어 바닥에 놓더니 안에서 뭔가를 찾기 시작했다. 그러자 또 다른 여자아이가 혜원이라는 여자아이에게 칭얼거렸다.

"혜원아 내 건?"

"네 거 어떤 거?"

혜원이라는 여자아이가 팔짱을 끼고 쳐다봤다.

"내가 그제 가져온 거 있잖아."

"저기. TV 아래. 왼쪽 노란색이 민주 네 거야."

"저거 맞아?"

"맞아. 너랑 채원이랑 둘 다 노란색이 좋다고 싸우다가 가위바위보 이겨서 네가 노란색 샀잖아."

"아, 맞다."

혜원이라는 아이의 말에 여자아이의 친구는 노란색 가방으로 뛰어갔다.

"오셨어요?"

혜원이라는 아이가 사념으로 얘기하며 살짝 목례했다. 다른 친구들이 있어 티를 안 내려는 모습이었다. 그때 양손에 커다란 가방 네 개를 들고 나코가 계단을 내려왔다. 여자아이는 그 뒤를 따라 내려오고 있다. 나를 보고 여자아이가 손을 살짝 들어 보였다.

"차사님 오셨어요?"

"이게 다 뭐냐? 이사 가냐?"

"여섯 명이 한 달 넘게 여행 가는 거잖아요. 그러니까 짐이 이 정도는 돼야죠."

여자아이가 거실 가득 늘어놓은 커다란 가방들을 둘러보았다.

"옛날 같으면 이거 다 짊어지고 가다간 얼마 가지도 못하고 뻗겠다."

예전에는 어딜 가면 괴나리봇짐 하나 달랑 메고 길을 떠났을 텐데 이건 뭐.

"옛날 같으면 그렇겠죠. 아예 트란실바니아까지 가지도 못하죠."

여자아이가 웃으며 말했다.

"공항까지는 어떻게 가는데?"

"전세기 회사 차로 가면 돼요. 어제 연락 왔어요. 짐 많다고 하니까 큰 차로 보내준대요."

여자아이가 생글거리며 말했다. 여자아이의 친구 둘이 가방을 뒤지는 사이 혜원이라는 아이와 나코가 다른 가방들을 현관 앞에 차례로 갖다 놓기 시작했다. 힘이 센 나코는 가방을 양손에 번쩍 들고 현관 앞으로 가져갔다.

"혜원아. 나 그 가방 물건도 확인해 봐야 해."

TV 앞에서 가방을 뒤적이던 친구가 다급하게 소리쳤다.
"좀 전에 확인했잖아."
"그래도."
친구는 아쉬움이 남은 듯 뽀로통해졌다.
"가방 확인해서 빼먹은 거 있으면 그것 챙기러 집에 갔다 올 거야?"
"아니, 그게."
친구는 혜원의 말에 어떻게 대답해야 할지 몰라 빠르게 눈을 굴렸다. 혜원은 친구가 뒤지던 가방을 닫아 잠가버렸다.
"어차피 지금은 빠진 게 있어도 가지러 못 가. 차 시간 다 됐지?"
혜원이가 여자아이한테 고개를 돌렸다.
"응."
여자아이가 고개를 끄덕였다. 혜원은 가방을 잠그고 현관 앞으로 가져갔다. 친구는 뒤지던 가방을 빼앗겨 입이 부루퉁하게 나와 있다. 그런데 아무 말도 하지 못했다. 이번에는 소파 옆에서 가방을 뒤지는 친구에게 혜원이가 다가갔다.
"건드리기만 해봐."
혜원이 다가가자 친구가 날카로운 눈빛으로 쏘아보았다.

"빼먹은 거 있으면 이따 면세점에서 혜수한테 사달라고 해."

"그럴까?"

친구는 그제야 생긋 웃으며 여자아이를 돌아보았다.

"그래. 면세점에서 사."

여자아이가 고개를 끄덕였다.

"그럼 좋아."

친구는 생긋 웃으며 물러섰다. 혜원은 친구의 마음이 변하기 전에 재빨리 가방을 닫고 현관에 가져다 놓았다. 그걸 보며 내가 여자아이에게로 돌아섰다.

"혜원이가 애들 잘 다루네."

"반장에 학생회장까지 했잖아요. 민주는 몰라도 채원이까지 마음대로 하는 건 혜원이밖에 없을 거예요."

여자아이가 친구들을 돌아보며 싱긋했다. 그때 현관 벨소리가 울렸다. 아줌마가 인터폰을 받았다.

"여보세요. 네."

아줌마가 빙글 몸을 돌렸다.

"아가씨, 차 도착했대요."

아줌마의 말에 나코가 현관문을 열고 나갔다. 대문 열리는 소리가 들리더니 남자가 나코와 함께 들어왔다.

"짐은 여기 있는 게 다인가요?"

남자가 현관에 주르륵 세워놓은 가방들을 보며 말했다.

"네. 여기 있는 것들만 실으시면 돼요."

"그럼 먼저 차량에 탑승하시죠. 짐은 제가 실을 테니까요."

남자가 양손에 가방을 하나씩 들며 말했다.

"너무 좋다. 짐도 다 실어주고."

여자아이의 친구가 좋아하며 현관을 나섰다. 다른 친구도 신나는 얼굴로 뒤따라 나섰다. 여자아이가 날 쳐다보았다.

"차사님은 어떻게 하실 거예요? 공항까지 같이 가실래요?"

"그러지. 에밀하고 보기로 한 시간까지 여유가 있으니까."

나는 여자아이와 같이 집을 나섰다.

"아가씨. 다시 봬요."

아줌마가 현관에서 여자아이에게 인사를 했다. 여자아이도 활짝 웃으며 인사했다. 집을 나서자 마을버스만 한 크기의 검은색 차량이 대기하고 있었다. 안에는 친구들이 벌써 자리 잡고 있다. 여섯 명이 타고 가기에는 너무 큰 버스였다. 언제 탔는지 기한이 혜원이 옆에 앉아 있었다. 그때 뒤쪽 구석에서 속닥거리는 소리가 들렸다. 익숙한 목소리였다. 다가가 보니 아기동자가 지현이라는 영과 소곤거리고 있었다. 그 앞에 뒷짐을 지고 섰다.

"너는 왜?"

"저요? 아, 차사님이 안 계실 때는 제가 혜수 봐줘야 하잖아요."

아기동자가 당연한 거 아니냐는 듯 천연덕스럽게 대꾸했다.

"네가? 쟤가 더 세 보이는데?"

그러면서 여자아이를 돌아보았다. 동방 팀장님이 지도해 준 이후 여자아이의 영기가 부쩍 강해졌다. 영기의 양은 나도 넘어서는 수준이었다. 영기의 사용이 미숙하다 하더라도 아기동자는 상대도 되지 않았다.

"저는 연락책이잖아요. 연락책."

아기동자가 폰을 들어 올리며 방긋했다. 하긴 여자아이와 가장 불편한 게 연락이었다. 혼령들끼리는 폰을 써서 연락이 쉬운데 여자아이와는 연락이 되지 않았다. 아기동자의 폰을 이용하면 연락이 가능했다. 정 위급한 경우에는 아기동자가 없어도 지난번처럼 여자아이가 새끼손가락을 깨물면 알 수 있다. 그런데 그 방법은 위급하다는 것만 알 수 있지 자세한 상황은 알 수 없었다. 잠깐 뭘 물어본다거나 할 때는 번거로웠다.

"그럼 쟤는?"

턱으로 지현을 가리켰다.

"지현이가 지박령을 벗어나기 시작했잖아요. 이번 기회에 멀리 가보는 것도 좋겠다 싶어서. 헤헤."

아기동자는 나름 열심히 준비했는지 묻는 대로 술술 답했다. 그냥 잠자코 있었다. 무슨 일 생기면 필요하겠다는 생각에 넘어가 주기로 했다.

차량은 드넓은 활주로의 한쪽에 멈춰 섰다. 차량 문이 열리자 여자아이와 친구들이 우르르 내렸다. 나도 같이 내렸다. 비행기가 오가는 소리가 위에서 시끄럽게 울렸다. 차량 옆에 작은 비행기가 보였다. 멀리 오가는 비행기들에 비해 확연히 작은 크기였다. 그런데 날렵한 모습이었다. 비행기 옆에 스튜어디스들이 기다리고 있다. 운전자가 차량 뒤를 열고 가방들을 비행기에 옮겨 실었다.

"전세기니까 너무 좋다. 인천까지 안 가고, 김포에서 출발하고, 출국수속도 따로 하고. 짐도 다 날라주고."

여자아이의 친구 하나가 전세기를 보며 박수를 쳤다.

"게다가 수화물 제한도 없고, 줄도 안 서."

다른 친구 하나가 신나서 얘기했다.

"원영이에게 잘해야겠다."

"그치. 그래야 앞으로도 이런 혜택을 누릴 거 아냐."
"이거 얼마나 들까?"
"아버지 항공사 소유 전세기라 원영이도 잘 모른대."
"좋겠다. 원영이는. 성 있지, 전세기 있지, 귀족이지."
"야, 빨리 타자."
여자아이가 친구들을 재촉했다.
"그래."
여자아이와 친구들은 차례로 비행기에 올랐다. 여자아이가 비행기에 오르려는 혜원이라는 여자아이를 잡아당겼다.
"너 비행기 안에서 파이어볼 연습하기만 해봐."
여자아이의 말에 혜원이라는 아이가 흠칫했다.
"얘가 사고 치면 아저씨도 알죠?"
여자아이는 다른 친구들이 비행기 안으로 사라지자마자 기한을 째려보며 으름장을 놓았다.
"안 해. 안 해. 비행기 안인데. 아무리 혜원이라도 설마 비행기 안에서 파이어볼을 날리겠니? 그치 혜원아."
기한이 두 손을 맞잡은 채 혜원이라는 아이를 돌아보았다.
"걱정 마. 안 해."
혜원이라는 아이는 안 한다고 했다. 그런데 말과 달리 뭔가 아쉬워하는 표정이었다. 혹시라도 여자아이가 말을 안 했으면 비행기 안에서 파이어볼을 날렸을 것 같은 모습이었다. 그때 여자아이의 친구들이 비행기에서 뛰어 내려왔다.

"혜수야. 면세점. 면세점 어딨어?"

여자아이의 친구들이 다급한 표정으로 주변을 둘러보았다. 그런데 주위에는 오가는 비행기와 차량들뿐이었다.

"아마 저기 있지 않을까?"

혜원이라는 아이가 멀리 보이는 공항 건물을 가리켰다.

"저기? 멀잖아. 차 어디 있어? 차."

아이들이 황급히 주위를 휘둘러보았다. 차량은 아이들과 짐을 내려놓고 돌아갔는지 보이지가 않았다.

"어떡해. 면세점. 쇼핑."

친구 한 명이 펄쩍 뛰었다.

"거기 가면 있겠지. 면세점이 우리나라에만 있겠냐?"

"그래도."

채원이라는 여자아이의 친구는 많이 아쉬운 표정이었다.

"어디서 봤는데 우리나라 면세점이 다른 나라보다 비싸대."

"정말?"

혜원의 말에 채원이라는 친구는 솔깃해하면서도 의심하는 눈빛으로 쳐다보았다.

"그래서 일부러 면세점 쇼핑하러 해외여행 가는 사람들도 많대. 찾아봐."

"그래?"

채원이라는 친구가 그 말에 폰으로 검색했다.

"인제 출발해야지. 그만 비행기 타자. 면세점 아니라도 쇼핑할 데 많을 거야."

여자아이가 친구들을 비행기에 태우기 시작했다.

"차사님은 어떡하실 거예요? 같이 타고 가실래요?"

"한나절 날아가야 한다며, 좁은 데서 한나절 동안 뭐 하냐? 에밀하고 만나기로 한 시간이 얼마 안 남아서 타더라도 금방 가봐야 돼. 난 에밀한테 갔다가 원영이 있는 곳으로 바로 갈게. 거기서 보자."

"네. 그럼 이따 봬요."

여자아이는 인사를 하고 비행기에 올랐다. 여자아이가 타자 비행기의 계단이 올라가며 문이 닫혔다. 그리곤 소리를 내며 움직이기 시작했다. 잠시 뒤 아이들이 탄 비행기가 활주로를 달리더니 하늘로 둥실 떠올랐다. 비행기는 구름 사이를 누비며 힘차게 날아가기 시작했다. 혹시나 해서 주변을 둘러보았다. 차사는 없었다. 그래도 혹시 몰라 비행기가 날아가는 모습을 한동안 지켜보았다. 멀리 비행기가 무사히 날아가는 걸 보고 안심했다. 폰의 시간을 보았다. 에밀과 약속 시간이 다 되어가고 있다. 에밀과 만나러 이동하기로 했다.

에밀이 일러준 장소로 가니 구름 위로 높이 솟은 성이 있었다. 성의 자태는 위풍당당했다. 어두컴컴한 하늘 사이로 초승달이 떠 있고 번개가 번쩍거렸다. 멀리 탑 주위로 까마귀와 박쥐들이 날아다녔다. 한 번씩 높은 망루에 벼락이 떨어지며 불꽃이 일었다. 그때마다 어두움 속에서 날이 번쩍이듯 성이 환하게 드러났다. 과연 사신들이 사는 장소다운 모습이었다. 두꺼운 문 앞에는 무기를 든 커다란 석상이 양쪽에 서 있다. 머리에 뿔이 달린 악마가 창을 든 형상이었다. 문 한쪽에 사자머리 모양의 노커가 있었다. 나는 노커의 손잡이를 잡고 문을 두드렸다. 잠시 뒤 문이 열리며 에밀이 나타났다.
"안녕하세요. 어떠세요? 분위기가."
"사신들이 있는 곳답네요."
반갑게 맞이하는 에밀에게 웃으며 인사했다. 내 인사에 에밀이 웃어 보이며 손가락을 튕겼다. 그러자 성의 모습이 사라지고 맑은 하늘에 현대적인 건물이 나타났다.
"해수님이 오신다고 해서 연출 좀 해봤습니다."
에밀이 씩 웃었다.

"사신이라고 저희도 그렇게 옛날식으로 살지는 않아요. 게다가 저희는 혼령을 이곳으로 데려오지 않거든요. 그래서 굳이 그런 모습을 하고 있을 필요가 없지요. 들어가시죠."

에밀의 안내를 따라 안으로 들어갔다. 건물에 들어서자 많은 사신들이 나를 기다리고 있었다. 사신들은 계단과 난간에도 빼곡히 들어서 있다.

"해수님 오신다니까 이렇게. 워낙 유명하셔서. 하하."

에밀이 호탕하게 웃었다.

"선배님, 이쪽으로."

익숙한 소리에 돌아보니 민정 차사가 있었다.

"여긴 어떻게?"

"어떻게 라뇨? SNS 관리자가 와야죠. 선배님 이쪽으로."

민정 차사는 나와 에밀을 중앙으로 안내하며 손짓했다.

"선배님. 말이 통하니까 너무 좋은 거 있죠. 제가 예전에 여행하면서 제일 답답했던 게 말 안 통하는 거였거든요. 그런데 지금은 사념으로 얘기하니까 말이 그냥 통하는 게 너무너무 좋아요. 선배님. 거기 서보세요. 네 에밀님은 여기. 사신 분들 여기 보실게요. 2, 3층 난간에 계신 분들도 여기 봐주세요. 그대로 먼저 전체 샷 찍을게요. 둘, 셋."

민정 차사는 나와 에밀에게 포즈를 취하게 하고 폰으로

사진을 찍기 시작했다. 한참 사진을 찍은 뒤에야 민정 차사에게서 풀려났다. 그제야 에밀이 돌아보았다.

"들어가시죠."

"가요. 선배님."

에밀의 안내를 받아 민정 차사와 같이 사무실로 들어갔다.

6월 11일

혜수

환한 아침햇살에 기지개를 켰다. 어제는 장시간 비행이라 숙소에 도착해 저녁 먹고 바로 곯아떨어졌다. 푹 자고 나니 개운했다. 창문으로 다가가 커튼을 열었다. 호텔의 높은 층이라 도시가 한눈에 보였다. 멀리 솟은 첨탑이 보이고 환한 햇살이 황토색의 지붕들을 반짝이게 했다. 예쁘다. 낯설고 처음 보는 풍경에 마음이 설레었다. 루마니아에 왔구나. 첫 해외여행. 기분이 들뜨고 콧노래가 흘러나왔다.

샤워하고 나와 머리를 말리고 있는데 인터폰이 왔다. 혜원이었다.

"아침 먹으러 가자."

푹 잤는지 밝은 목소리였다.

"다른 애들은?"

"다 일어났어."

"나 머리 말리고 갈게."

"오케이. 먼저 간다."

인터폰을 끊고 재빨리 머리를 빗고 옷을 갈아입었다. 방을 나와서 엘리베이터에 올랐다. 1층의 식당으로 내려갔다. 식당은 넓은 홀에 뷔페식으로 꾸며져 있다. 안에는 벌써 애들이 자리를 잡고 앉아 밥을 먹고 있었다. 혜원과 나코는 테이블에 여러 개의 접시를 늘어놓고 신나게 식사 중이었다. 그 옆에 사쿠라씨가 조용히 밥을 먹고 있다. 채원과 민주는 핼쑥한 얼굴로 커피만 홀짝이고 있었다. 창밖으로 아기동자와 지현이가 정원을 산책하고 있는 게 보였다. 나도 배가 고파 여러 개의 접시에 음식을 담아 가져왔다. 애들의 건너편에 앉았다. 내 접시를 보고 채원과 민주가 고개를 절레절레 흔들었다.

"너희는 아침부터 그게 들어가니?"

"이게 뭐? 우리 보통 아침에 이 정도 먹어."

"너도 그렇고 혜원이랑 나코도 대단하다."

채원이가 피곤한 표정으로 얘기했다. 눈이 쑥 들어간 것은 민주도 마찬가지였다.

"너희는 어제 못 잤어?"

"어, 새벽에 깨서 그때부터 한숨도 못 잤어. 넌?"

"응. 난 바로 자서 아침까지 쭉 잤어. 혜원이 넌?"

혜원이를 쳐다보았다.

"나도."

혜원은 우물거리며 접시에 남은 소시지를 입에 털어 넣고 일어섰다. 그리곤 다시 음식들이 있는 곳으로 향했다.

"아, 나 면세점."

채원이 커피잔을 톡톡 치며 투덜거렸다. 어제 면세점 쇼핑을 못 한 것이 못내 아쉬운 표정이었다.

"어제는 바로 숙소로 가자며?"

"그거야 열두 시간 동안 비행기 타고 오고 시간도 늦어서 힘드니까 그랬지."

채원이가 입을 뾰로통하게 내밀었다. 처음으로 장시간 비행기를 타서 나와 혜원도 피곤했다. 영기 수련한 내가 피곤할 정도인데 보통 사람인 채원과 민주가 힘들어하는 것은 당연했다. 영기가 강한 사쿠라씨도 조금 피곤한 기색이었다. 구미호인 나코만 생생했다. 원래 구미호는 잠을 많이 안 잤다. 그런 나코도 답답했는지 도착하자 비행기에서 내릴 때 문에서 바로 점프해 바닥으로 뛰어내렸다. 잠시 후 혜원이 접시 두 개를 들고 의기양양하게 돌아왔다.

"원영이랑 연락해 봤어?"

혜원은 자리에 앉자마자 물었다.

"아침에 통화했는데 사람 보냈대."

나코가 대답했다.

"사람?"

"응. 통역이랑 안내할 사람. 여기 근처 사람이라고 올 때 됐는데. 아, 저기 오나 보다."

나코가 가리킨 곳을 보니 정장 차림의 젊은 여자가 우리 일행을 향해 다가오고 있다. 어깨까지 늘어뜨린 금발과 파란 눈의 여자였다.

"강혜수님?"

여자가 일행을 돌아보며 나를 찾았다. 한국어 발음이 자연스러웠다.

"네, 제가 강혜수인데요."

내가 여자에게 손을 들어 보였다.

"안녕하세요. 아나스타샤 체페슈라고 해요. 아나라고 불러주시면 돼요. 미나님께서 보내셨어요. 미나 블러드님."

"미나 블러드? 누구야? 그게?"

여자의 말에 채원이 궁금한 표정으로 되물었다.

"아, 백원영. 원영이 이쪽 이름이 미나야. 미나 블러드."

내가 설명해 줬다. 원영이 기한 아저씨를 처음 봤을 때 알려준 이름이었다. 그리고 드라큘라는 죽기 전 원영이를 미야라고 불렀었다. 미나의 앞 글자만 따서 부른 애칭이었던 것일까. 예전 같으면 기억 못 했을 일들도, 지금은 기억이 너무 잘 나서 문제였다.

"아나님. 한국말 잘하시네요."

"외국어로 한국어 전공했어요. 한국으로 어학연수도 갔다 왔어요. 연수 갔다 와서 드라큘라성에서 가이드를 하고 있어요. 여기 한국 분들도 많이 오시거든요. 미나님은 어려서부터 알았어요. 미나님이 여기 영주님 따님이시거든요."

아나가 밝게 웃으며 얘기했다. 친구들은 아나의 얘기를 들으며 고개를 끄덕였다. 그런데 나는 의아한 기분이었다. 원영에게 들은 얘기와 달랐다. 원영은 오랫동안 잠들어 있었고 깨어나서는 드라큘라를 피해 다녔다고 했다. 그렇다면 원영이 아나와 만난 것은 최근의 일이었다. 그런데 왜 어려서부터 알았다고 하는 걸까.

"나코. 아나 혹시."

"패밀리어다. 원영 냄새가 강하게 난다."

나코가 사념으로 대답했다. 물론 나도 사념으로 물어보았다. 구미호라 영기에 민감한 나코는 아나가 원영의 패밀리어라는 것을 알아챘다. 사념을 엿들었는지 혜원이가 돌아보며 씩 웃었다. 나중에 원영이나 나코에게 사념을 귓속말로 하는 방법을 물어봐야겠다고 생각했다.

"모르는 분들이 있다고 해서 말씀 안 드렸습니다. 저는 미나님의 패밀리어입니다. 잘 부탁드립니다."

아나는 사념으로 하는 말을 들었는지 이번에는 사념으로

대답했다. 패밀리어라면 일부 기억은 원영이 바꿨을 것 같았다. 원영에 대해 모르는 친구들에게는 원영이가 영주의 딸이고 아나와는 어렸을 때부터 봤다는 것이 자연스러울 듯싶었다. 사실 채원과 민주는 아무것도 몰랐다.

"식사하고 내려오시면 방의 짐들은 사람을 시켜 성으로 먼저 보낼게요. 체크아웃하시고 시내 돌아본 다음 저녁에 성으로 가시면 됩니다. 어디 특별히 가고 싶은 곳이 있으세요?"

"아! 면세점. 여기 면세점 있어요?"

채원이 바로 면세점을 물어보았다.

"여기는 그렇게 큰 도시가 아니라서 면세점은 없어요. 기념품점이나 일반 상점밖에 없어요. 가까운 브라쇼브에 쇼핑할 곳들이 있지만 면세점은 없어요. 면세점은 부크레슈티나 가야 돼요."

"거긴 얼마나 걸려요?"

"브라쇼브는 차로 40분 정도. 부크레슈티는 6시간 정도 걸려요."

아나가 얘기했다.

"아, 면세점."

채원이 계속 칭얼거렸다.

"이따가 브라쇼브 가보자. 면세점 아니라도 쇼핑할 만한 곳 있겠지. 정 안 되면 며칠 잡아서 부크레슈티 갔다 와도 되잖아. 하루이틀 있을 것도 아닌데."

"그럴까?"

쇼핑 얘기에 채원이 솔깃해했다. 그리곤 테이블의 폰을 집으며 일어섰다.

"난 샤워나 해야겠다."

쇼핑 얘기에 기분이 풀렸는지 채원의 목소리가 밝아졌다.

"나도."

채원을 따라 민주도 일어섰다. 둘이 자리를 비우자 내가 바로 궁금한 것을 물어보았다.

"패밀리어는 다 사념으로 얘기할 수 있어요?"

갑작스러운 질문에 아나가 깜짝 놀라 쳐다보았다. 얘기를 해도 되는지 어떤지 몰라 당황한 표정이었다. 그러자 나코가 생긋 웃었다.

"얘기해도 괜찮아. 난 나인 테일, 그리고 이쪽은 샤먼."

나코가 웃으면서 당황하고 있는 아나에게 설명했다. 나코의 말에 사쿠라씨가 아나에게 가볍게 목례했다.

"나도 샤먼이고, 혜원인 넌 뭐냐? 너도 샤먼인가?"

"혼령이랑 계약을 맺었으니 샤먼이라고 할 수 있겠지. 샤먼 괜찮은데."

혜원이 활짝 웃으며 말했다. 무당과 무녀랑 같은 샤먼이라고 하니 좋아했다.

"우린 원영이, 아, 미나가 원영이에요. 우린 원영이랑 같이 살아서 다 알고 있으니까 얘기해도 돼요. 다들 사념으로 얘기할 수 있고요. 방금 전에 사념으로 말씀하신 것도 다 같이 들었어요."

내 말에 혜원, 나코, 사쿠라가 다 같이 고개를 끄덕였다. 일행들의 반응에 그제야 아나가 안심한 표정을 지었다.

"미나님께 여러분들에 대해 얘기 들었습니다. 단지 어느 분인지 몰라서 말씀을 못 드렸습니다. 상급 패밀리어는 사념으로 대화를 할 수 있습니다. 일반 패밀리어는 안 됩니다."

"방금 나간 두 명은 원영이나 저희에 대해 모르니까 조심하시면 돼요. 걔들 앞에서 할 수 없는 얘기는 사념으로 하죠."

내가 말했다.

"네. 그럼 저는 프런트에서 기다리겠습니다. 준비들 되시면 내려오세요."

"네."

"나도 샤워하러 가야겠다."

혜원이 빈 접시들을 한쪽에 쌓아놓고 일어섰다.

"저도 먼저."

사쿠라씨도 혜원을 따라 일어났다.
"먼저 가. 난 아직 안 끝났어."
나코가 앞에 있는 접시를 후다닥 비우더니 다시 음식을 가지러 테이블을 떠났다.
"나도 이따 봐."
나도 역시 나코를 따라 음식을 가지러 갔다. 얘기를 하고 나자 배가 고팠다.

점심을 먹고 카페에서 쉬고 있다. 좀 전에 브란성을 다녀와서 모두 지쳐 있었다. 소파에 앉자마자 채원이 푹 파묻히듯 누웠다.
"난 더 못 가. 졸려 죽겠어."
"나도."
민주도 녹초가 된 듯했다. 사쿠라씨도 말은 없지만 피곤한 기색이었다.
"시차 때문에 이삼 일은 힘들어하세요. 미나님도 그럴 거라고 말씀하셨어요."
커피를 마시면서도 정신을 차리지 못하는 채원과 민주를 보고 아나가 웃으며 얘기했다.
"너넨 아무렇지도 않아?"
채원이 나와 나코, 혜원을 신기한 눈으로 보았다.

"나는 뭐 괜찮은데?"

"나도."

"나도."

내 말에 나코와 혜원이 맞장구를 쳤다. 여행 준비를 하면서 처음 며칠 시차 때문에 고생한다는 얘기들을 많이 봤다. 그런데 정작 나는 시차를 전혀 느끼지 못했다. 비행기 안에서는 자다 깨다 했는데, 도착해서는 평소와 같은 시간에 자고 일어났다. 혜원도 나와 같았다. 나코는 예전부터 잠이 별로 없었다.

"쇼핑이고 뭐고 샤워하고 한숨 자고 싶어."

"나도."

채원과 민주는 카페 소파에 기대 늘어졌다.

"그럼 두 분은 먼저 성으로 가실래요? 미나 아가씨가 시차 때문에 힘들어하시면 성으로 모시라고 했어요."

"그럴래?"

아나의 말에 채원이 민주를 돌아보았다.

"그러자."

민주가 힘없이 고개를 끄덕였다.

"다른 분들은?"

아나가 나와 일행들을 둘러보았다.

"난 괜찮은데."

내가 괜찮다고 손을 들어 보였다.

"나도."

"나도."

혜원과 나코도 같이 손을 들었다.

"아가씨. 저는 먼저 가봐야 할 것 같습니다."

사쿠라씨가 나코에게 양해를 구했다.

"그래. 마이짱은 먼저 가 있어."

나코가 흔쾌히 대답했다. 사쿠라씨는 나코 일족을 모시는 무녀라고 하는데, 특별한 일이 아니면 나코가 사쿠라씨에게 뭘 시키거나 명령하는 일은 없었다. 그리고 사쿠라씨가 부탁하거나 양해를 구하는 경우는 모두 들어줬다.

"그럼 연락할게요."

아나가 폰을 들고 카페 밖을 나갔다. 잠시 뒤 들어온 아나가 일행을 휘둘러봤다.

"세 분이 먼저 가실 거죠?"

"네."

아나의 말에 채원, 민주, 사쿠라씨가 고개를 끄덕였다. 그리곤 아나를 따라 카페를 나섰다. 창밖을 보니 어느새 왔는지 카페 앞에 검은색 말들이 끄는 마차가 서 있었다. 영화에서 보던 것처럼 크고 우아한 모습의 마차였다. 아나가 세 사람을 마차로 안내했다. 마차를 본 채원과 민주의 눈이 휘둥그레졌다.

"쟤들 마차로 가나 봐."

어느새 혜원이 옆으로 다가와 말했다. 마차에 눈이 반짝거렸다.

"우리도 이따 마차로 갈까?"

"그럴걸?"

"아나 오면 물어봐야겠다."

혜원이 들뜬 목소리로 말했다. 마차를 타고 간다는 것에 신이 난 듯했다. 채원과 일행들이 오르자 문이 닫히고 마차는 출발했다. 말들이 말발굽 소리를 울리며 돌을 깐 골목을 달려갔다. 그리고 보니 이곳 브라쇼브는 비죽비죽 위로 솟은 첨탑들과 붉은색의 지붕들로 둘러싸여 있다. 깎아지른 험준한 산맥과 울창한 숲. 고요하고 정적인 도시. 사람들의 옷차림이 아니라면 중세의 도시라고 해도 손색이 없었다. 이런 풍경 속으로 사라지는 마차가 너무 근사했다. 마차를 보내고 나서 아나가 돌아왔다. 그리곤 맞은편의 소파에 앉았다.

"우리도 이따 마차로 가요?"

아나가 앉자마자 혜원이 물었다.

"네. 아가씨가 성으로 가실 때 마차로 모시라고 하셨어요."

아나의 말에 혜원이 활짝 웃었다. 그러자 어떤 생각이 내 머리를 스치고 지나갔다.

"지금 가는 곳이 진짜 드라큘라성이죠?"

"네. 블러드님께서 실제로 계셨던 성이에요. 좀 전에 보신 브란성은 블러드님과 아무런 상관이 없는 곳이에요. 블러드님께서 실제 계시는 성이 사람들의 관심을 끄는 것을 막기 위해 브란성을 드라큘라성으로 알려지게 하신 거죠."

내 질문에 아나가 설명했다.

"그럼 이따 가는 곳이 진짜 드라큘라성이라는 거네."

혜원이 흥분한 얼굴로 소리쳤다.

"원영이가 얘기했잖아. 아버지 성이라고. 드라큘라가 있던 곳이니까 진짜 드라큘라성이라는 거지."

"어쨌든 진짜 뱀파이어가 살던 성이라는 거잖아."

"지금도 살아. 원영이 뱀파이어잖아."

"아, 맞다. 그랬지."

혜원이가 그제야 생각났다는 듯 중얼거렸다. 항상 같이 살다 보니 원영이 뱀파이어라는 것을 어느새 잊고 있었다. 그건 나도 마찬가지였다. 아침에 나코가 아나에게 나인 테일이라고 얘기하니까, 그제야 나코가 구미호였다는 것이 생각났다. 이건 기억력과 상관이 없었다. 무엇에 익숙해지면 마치 공기나 햇살처럼 무감각해지는 모양이다. 그러다 어느 순간에 아, 그렇지 하고 놀라는 것처럼.

"드라큘라성은 어떻게 생겼어요? 영화에 나온 것처럼 으스스한 분위기죠?"

혜원이 아나 쪽으로 몸을 기울이며 물었다. 좋아하는 오컬트 분야 얘기라 눈이 반짝반짝했다.

"저는 브란성을 담당하고 있어, 아가씨가 계시는 성에는 가본 적이 없어요. 성은 아가씨가 인정한 사람들만 갈 수 있어서요."

"그럼 이따 우리가 갈 때, 아나씨는 같이 안 가요?"

"전 성 입구에 있는 사용인 숙소까지만 갈 수 있어요. 성 안에는 못 들어가요."

아나가 아쉬운 표정으로 말했다. 항상 같이 지내서 몰랐는데 원영은 생각보다 깐깐했다. 하긴 몇 달 만에 드라큘라의 패밀리어들을 모두 인수해 운영하고 있다. 그때는 몰랐는데 이번에 와서 보니 패밀리어 규모가 장난이 아니었다. 전세기 스튜어디스에게 물어보니 작은 항공사라고 했는데 웬만한 저가 항공사랑 맞먹는 규모였다. 거기다 드라큘라 관광지 사업까지 규모가 만만치 않았다.

"뭐 하냐?"

갑자기 차사님이 다가왔다.

"차사님, 오셨어요?"

내 대답에 아나가 어리둥절한 표정이 되었다. 내 사념은 혜원이나 다른 사람들에게도 들린다. 그런데 차사님의 사념은 내게만 들렸다. 사념으로 대화하는 것이 익숙한 차사님이라 자신이 원하는 상대에게만 들리게 하는 듯했다. 내가 얼른 설명에 나섰다.

"아, 저희 차사님 오셨어요. 여기 말로는 사신인가?"

"너 누가 들으면 어쩌려고 그냥 얘기해."

차사님이 놀라서 말했다.

"아, 혜수님이 모시는 사신이 있으시다고 미나님에게 얘기 들었습니다."

아나가 내가 가리킨 방향을 향해 웃어 보였다.

"우리나라도 아닌데 누가 알아듣겠어요? 여긴 어차피 다 아는 사람들이고. 여기 아나도 원영이 패밀리어에요."

루마니아라 한국말을 알아듣는 사람이 거의 없었다. 물론 아나의 경우만 예외였다. 설사 알아듣더라도 간단한 말 몇 마디만 알아듣지 자세한 내용을 알아들을 사람은 없을 것이다. 아침에 호텔에서 아나도 채원과 민주가 간 뒤에는 편하게 얘기했다. 주변을 보니 우리 일행 말고는 다들 루마니아어로 얘기하는 것 같았다.

"아, 말이 다르구나."

차사님도 내 말뜻을 알아들은 모양이었다. 내 말이 여기 사람들과는 안 통한다는 걸 그제야 깨달았다. 그런데 수긍하면서도 뭔가 개운하지 않은 표정이었다.
"에밀님이 도와달라고 하신 일은 끝나셨어요?"
"응. 사신들이 같이 사진 찍자고 해서."
"유명 인사시잖아요."
"그러게나 말이다. 차 마시고 뭐 할 거야?"
"쇼핑이나 가려고요. 쇼핑 갈 거지?"
혜원을 돌아보며 물었다.
"응. 드라큘라잖아."
혜원이 씩 웃었다. 역시 오컬트 마니아답게 드라큘라 관련 쇼핑 할 생각에 신이 났다. 이번 여행에서 제일 신난 사람은 혜원인 듯했다.

"야, 성이다."
마차 창문에 달라붙어 있던 혜원이 흥분해서 소리쳤다. 언덕을 오르자 나무가 무성한 숲에 둘러싸인 성이 나타났다. 검은 숲 뒤로 막 해가 지고 있었다. 성의 둥근 탑들이 저녁놀을 배경으로 찬란히 빛나고 있다. 마차가 성문을 지나 현관 앞에 멈춰 섰다. 깨끗하고 세련된 분위기의 성이었다. 으스스한 드라큘라성을 기대했던 혜원은 실망한 표정이었다. 나는 원영이 취향답다는 생각이 들었다. 현관문을 열고 들어서자 넓은 홀이 나타났다. 벽의 화려한 장식들과 천장의 우아한 샹들리에가 눈을 사로잡았다.

"이쪽으로 가시죠."

밖에서 머뭇거리던 아나가 다가와 안내했다.

"여러분들 통역하고 안내하라고 저도 들어오라고 하시네요."

아나의 안내를 받아 걸어가자 거실이 나왔다. 고풍스러운 거실 소파에 원영과 채원, 민주가 앉아 차를 마시고 있었다.

"왔어?"

채원이 부채질을 하며 우리를 맞았다. 중세 귀부인풍의 드레스에 가발을 쓰고 화려한 부채를 들고 있다. 민주와 원영, 사쿠라까지 모두 같은 드레스 코드였다.

"너희 뭐야?"

애들의 모습에 혜원이 뜨악한 표정으로 소리쳤다.

"성에서 첫날이잖아요. 이벤트 한번 생각해 봤어요."

원영이가 생긋 미소를 지으며 말했다.

"야, 너무 좋아. 너네도 빨리 갈아입고 와."

채원이 살랑살랑 부채질하며 말했다. 그 옆에서 같이 폼을 잡으려던 민주는 부채를 놓치고 허둥거렸다. 그걸 보고 피식 웃음이 나왔다.

"이쪽으로 가시죠."

아나가 우리를 어떤 방으로 안내했다. 그곳에 기다리고 있는 메이드들의 도움을 받아 옷을 갈아입고 가발을 썼다. 둥근 거울이 달린 화장대 앞에서 메이크업도 받았다. 넓게 퍼진 드레스 때문에 메이드의 도움 없이는 걷기도 힘들었다. 힐에 치맛단이 밟혀 넘어질까 봐 뒤뚱뒤뚱 걸었다. 옷이 멋지고 그럴싸한데 너무 불편했다. 앉고 일어서는 것조차 힘들었다. 어찌어찌 거실로 와 보니 나코는 벌써 자리를 잡고 앉아 있었다. 나코와 원영은 예전에 드레스를 많이 입어본 듯 자연스러웠다. 그리고 잘 어울렸다.

"아, 뭐야. 이거 불편해."

투덜거리는 소리와 함께 혜원이 등장했다.

"야, 참아. 그림 안 나와. 아나씨. 이거 좀."

채원이 귀부인처럼 부채를 살랑거리더니 얼른 아나에게 폰을 건넸다. 나와 혜원은 뒤뚱뒤뚱 걸어 소파에 간신히 앉았다. 아나가 정면에서 사진을 찍었다. 이렇게 성에 도착한 첫날의 밤이 깊어가고 있었다.

6월 12일

해수

높은 탑 위에서 주변을 둘러보았다. 멀리 산 너머로 해가 뜨고 있다. 한국의 산들은 아기자기한 데 비해 이곳의 산세는 높고 거칠었다. 나무들이 빽빽하게 자라고 있어 어두운 숲이 더욱 컴컴했다. 잠을 자지 않는 저승사자라 밤에 있어야 할 이유는 없지만, 처음 온 곳이라 어떤 일이 있을지 몰라 저승으로 가지 않고 머물고 있다. 게다가 낮 동안은 에밀의 부탁으로 사신들의 요청을 받아주느라 저승에 가 있는 시간이 많았다. 여자아이가 자는 시간에라도 주변을 돌아보려는 생각이었다. 아기동자에게 여자아이를 맡겨놓고 성 주변을 둘러보기로 했다.

성이 위치해 있는 곳은 뱀파이어가 오랫동안 자리 잡은 장소답게 영기가 강한 곳이다. 보통 영기가 강한 곳은 영들이 꼬이기 마련이었다. 주위를 돌아보며 제법 많은 영들을 만났다. 부근에 뱀파이어성이 있어 그들에게 희생당한 사람들도 많았을 테고, 그들 중 저승으로 가지 못한 혼령들도 많은 듯했다. 저승사자와 달리 사신은 영을 강제로 데려가는 이미지여서인지, 나를 본 영들은 재빠르게 숨거나 도망쳤다. 내 구역이 아니라 영들을 어떻게 할 생각은 없지만, 돌아다닌 덕분에 성 주변을 배회하던 영들이 많이 사라졌다. 나를 보기만 해도 소스라쳐 도망가니 오히려 편했다.

성에 도착한 첫날밤에는 근처만 돌아봤는데, 오늘은 멀리까지 나왔다. 혼령이 멀리 간다고 피곤한 것도 아니니, 성 근처는 별다른 위험이 없는 것 같아 멀리 돌아보기로 했다. 성에서 제법 떨어진 곳까지 오자 밤의 어둠 속에서 다양한 동물들이 돌아다녔다. 일이백 년 전만 해도 일하러 다니면서 동물을 흔히 볼 수 있었다. 호랑이를 비롯해, 곰이나 늑대 같은 큰 짐승들에게 잡아먹히는 사람의 명부도 간혹 나오곤 했다. 그런데 근래 들어서는 기껏 보이는 것이 개나 고양이였다. 어쩌다 산에서 마주치는 짐승도 개나 고양이인 경우가 대부분이었다. 큰 짐승이라고는 고라니 정도였다. 호랑이, 곰, 늑대와 같은 맹수는 거의 못 보았다. 게다가 내 구역은 도심이라 더더욱 보기가 어려웠다. 그러던 차에 다양한 짐승들이 돌아다니는 모습을 보니 옛날 생각이 났다. 이런저런 생각에 잠겨 다니다 보니 어느덧 동녘이 밝아오기 시작했다. 해가 뜨기 전에 성으로 돌아왔다.

탑에서 아래를 바라보았다. 한적한 산속에 자리 잡은 성이라 해가 돋는 모습은 장관이었다. 날씨가 맑은 탓에 멋있는 일출을 볼 수 있었다. 바람이 불어왔다. 사람은 태어나고 죽고 태어나고 죽는데, 아침과 바람은 영원했다. 영원의 바람이 내가 입고 있는 바짓단을 펄럭였다. 웃음소리에 돌아보자 아기동자와 지현이라는 영이 성벽에 걸터앉아 있었다. 아기동자는 지현에게 무슨 얘기인가를 하고 있다. 지현은 입을 가리고 웃었다. 지현은 지박령이라 도서관을 벗어난 적이 없었다. 하지만 네크로맨서 때문에 강제로 도서관을 벗어난 것이 계기가 되어 장소에 구애받지 않게 되었다. 처음에는 도서관 밖으로 나오는 것을 망설이더니, 멀리 떨어진 여기까지 따라왔다. 지박령은 영 자신의 의지로 특정 장소를 벗어나지 않는 경우가 대부분이었다. 영의 의지가 바뀌면 장소에 얽매이지 않지만 영의 의지를 바꾸는 게 어려웠다. 지현과 같이 외부요인으로 바뀌는 경우는 거의 없었다. 네크로맨서에게 휘말려 큰일을 당했지만 다행인 듯했다.

　네크로맨서를 떠올리자 나도 모르게 고개를 저었다. 지현은 지박령이라 경험도 없고 서툴러 이용당할 수 있었다. 반면 아기동자는 신장이 된 지 몇백 년이 되었다. 그동안 보고 들은 것도 많고 경험도 많았다. 그런데도 네크로맨서에게 손쉽게 이용당했다. 네크로맨서에게 이용당한 것이 창피했는지 한동안 내 앞에서 고개도 들지 못하고 피해 다녔다. 전부터 아기동자의 말을 액면 그대로 믿은 것은 아니지만, 네크로맨서 일로 큰 기대를 하지 않게 되었다. 요즘 들어 여자아이의 영기가 더 강해지면서 부적 작업도 혼자 하는 탓에 아기동자는 여자아이의 눈치까지 봤다. 예전에는 부적 작업을 해주면 가격을 깎아주었다. 그런데 이제는 여자아이 혼자 작업하니 깎아달라는 소리를 못 했다. 여자아이는 눈치껏 신장들이 작업해 준다고 하면 예전과 같이 깎아주는 모양이었다. 사정을 모르는 무당들은 그런가 하지만, 상황을 아는 신장들은 불편해했다. 어린 여자아이라고 생각했는데 자신보다 나이 많은 무당들을 능숙하게 상대하는 것이 대견했다. 여자아이와 민정 차사를 지켜보는 시간이 많아지면서 내가 처음 생각했던 것과 많이 다른 모습들을 발견했다. 요즘 사람들이라서 그런가 하지만, 도훈 차사와 자경 차사는 내가 처음 생각했던 것과 별반 다르지 않았다. 그사이 해가 완전히 떠올라 주위가 환하게 밝아졌다. 탑에서 내려와 성안으로 들어갔다.

안에서 인기척이 있어 여자아이의 방을 들여다보았다. 여자아이는 방에 있는 테이블에 뭔가를 올려놓고 고민하고 있었다.

"무슨 일이냐?"

내 목소리에 여자아이가 돌아보았다.

"아, 차사님. 이게 좀 문제가 있어서요."

여자아이가 가리킨 곳을 보니 테이블 위에 목걸이 두 개가 놓여 있었다. 목걸이는 푸른색의 알록달록한 구슬들로 만들어져 있다.

"하나가 깨졌네."

"네. 그것 때문에요."

여자아이가 눈살을 찌푸렸다. 멀쩡한 목걸이와 비교해 보니 부서진 목걸이는 구슬만 다 깨져 있었다.

"어쩌다 이렇게 된 거냐?"

"이게 터키석이라고 건강에 좋은 보석이래요. 거기에 은으로 만든 회복 룬을 붙였더라고요. 어제 브라쇼브에서 쇼핑하다가 채원이랑 민주에게 주려고 샀거든요. 애들이 시차 때문에 힘들어해서요."

여자아이가 가리키는 목걸이를 보니 구슬마다 은으로 된 문자가 붙어 있었다.

"저희가 부적 만들 때 영기 넣으려고 주사 쓰잖아요. 여기서는 몬스터나 악령 퇴치하는 물건 만드는 데 은을 사용한대요. 그래서 혹시나 하고 영기를 불어넣어 봤더니 되더라고요. 그래서 계속 영기를 불어넣었는데 갑자기 이렇게 깨져버렸어요."
여자아이가 얼굴을 찡그렸다.
"영기 때문에 구슬들이 깨져버렸다."
"아마 그런가 봐요."
"영기를 불어넣지 않으면 되잖아."
"그렇긴 한데 그게."
여자아이가 말을 끊더니 멀쩡한 목걸이를 가리켰다.
"차사님. 그 목걸이 잠깐 들어보실래요?"
여자아이의 말에 목걸이를 들어보았다. 목걸이에서 뭔가 영적인 힘이 미미하게 느껴졌다.
"다시 두세요."
목걸이를 테이블에 내려놓자 여자아이가 손을 뻗더니 영기를 불어넣었다.
"다시 들어보세요."
여자아이가 시키는 대로 다시 목걸이를 집어 들자 영기가 강하게 느껴졌다. 좀 전 영기를 불어넣기 전에 비해 강한 기운이 느껴졌다.
"다르죠?"
"영기를 불어넣은 뒤에 집으니 더 힘이 나는 것 같다."
"그래서요. 처음에 영기를 불어넣으니까 되더라고요. 그래서 좀 더 넣으려고 했는데 이렇게 깨져버렸어요. 그래서 어떡해야 할지 몰라서요."
 여자아이가 곤혹스러운 표정을 지으며 말했다. 영기를 불어넣을 때의 효과는 경험해 봐서 알았다. 영기를 많이 불어넣을수록 효과는 강해질 것이다. 그런데 너무 많이 넣으면 구슬이 깨지면서 효과가 없어졌다. 뒷짐을 진 채 목걸이를 내려다보고 있는데, 노크 소리가 들렸다. 노크와 함께 문이 열렸다.
 "언니 뭐해? 차사님도 계셨네요."
 원영이 인사하며 들어왔다.
 "어제 산 목걸이 때문에."
 "아, 채원 언니랑 민주 언니 주려고 샀다는 목걸이."
 "응."
 원영은 테이블로 다가와 깨진 목걸이를 들어 살펴보았다.
 "영기 주입하다 깨진 거예요?"
 "어떻게 알았어?"
 "옛날에 마법사들이 자신의 능력보다 강한 마법을 사용하려고 보석을 매개로 사용하는 일이 많았어요. 그때 보석이 마나의 양을 못 견디면 깨지는 일이 많았거든요. 이것도 그런 것 같아서요."
 원영은 별것 아니라는 듯 생긋 웃으며 목걸이를 내려놓았다.

"그럴 때 어떻게 했는데?"
"그때는 더 많은 마나를 견딜 수 있는 보석을 사용해야 했죠. 마법사의 능력보다 큰 마법일수록 크고 단단한 보석을 사용해야 했거든요. 그래서 큰 마법을 마음대로 사용할 수 없었죠. 큰 보석은 비싸고 구하기도 어려웠으니까요."
"큰 것도 한계를 넘으면 깨질 거잖아. 어떻게 해야 하지?"
여자아이는 멀쩡한 목걸이를 만지작거리며 고민했다. 그런데 눈은 새로운 것에 대한 호기심으로 반짝반짝했다.
"언니, 영기를 일정하게 주입하면서 구슬이 깨지기까지 시간이 얼마나 걸리나 재보면 되지 않아요?"
"하나밖에 없는데?"
"여러 개 사 오면 되죠. 이따 브라쇼브 나갈 거잖아요. 아나한테 미리 연락해서 여러 개 만들어두라고 해요."
"아, 그럼 되겠다. 아나 어디 있어?"
"식당에 있을 거예요. 안 그래도 아침 식사하라고 부르러 왔어요. 가요. 언니."
"그래. 아참 목걸이."
여자아이는 방을 나서려다 말고 돌아가서 목걸이를 챙겼다.
"차사님도 가세요."
"그래."

혼자 여자아이 방에 있어 봐야 할 일도 없으니 따라나섰다. 방을 나서 길게 뻗은 복도를 따라갔다. 한때 100명이 넘는 뱀파이어들이 살았다는 성은 제법 큰 규모였다. 긴 복도의 창마다 환한 아침 햇살이 쏟아지고 있다. 여자아이와 친구들의 방은 거실과 식당에서 멀지 않은 곳에 있는데도 거리가 제법 되었다. 계단을 내려가는데 갑자기 여자아이의 걸음이 빨라지기 시작했다. 급기야 계단을 한 번에 두세 개씩 뛰어 내려가더니 식당을 향해 내달렸다.

"이 냄새는? 혹시?"

여자아이가 식당 문을 벌컥 열고 들어섰다.

"오셨어요? 음식 내올게요. 앉아 계세요."

"아니 아줌마 어떻게?"

여자아이의 놀란 목소리에 귀에 익은 목소리가 함께 뒤섞였다. 식당에 들어서 보니 원영의 집안일을 해주던 아줌마가 있었다.

"어젯밤에 왔어요. 친구분들 식사 준비해 드리라고 아가씨가 부르셨어요."

아줌마가 환하게 웃으며 말했다.

"그럼 이 냄새는?"

여자아이가 코를 킁킁거렸다.

"네. 한식이에요. 김치찌개랑 불고기 했어요. 재료들도 어제 다 가져왔어요."

"우와, 떡볶이도요?"

"그럼요. 앉아 계시면 식사 바로 내올게요."

"신난다. 밥이다. 밥."

여자아이는 기쁜 표정으로 식탁 의자에 앉았다. 테이블에는 벌써 접시와 수저 등이 세팅되어 있었다. 그때 식당 문이 활짝 열리며 여자아이의 친구가 뛰어들었다.

"이 냄새 뭐야. 이거 김치찌개 냄새지. 아줌마 김치찌개 냄샌데."

여자아이의 친구인 혜원도 연신 코를 킁킁거리며 말했다.

"맞아. 곧 나올 거야."

"신난다."

여자아이의 친구는 손에 든 수건으로 얼굴의 땀을 훔쳤다. 곧이어 여자아이의 친구인 채원과 민주, 나코, 무녀도 줄줄이 들어섰다. 채원이란 아이가 땀을 닦고 있는 혜원의 옆에 앉더니 물었다.

"아침부터 뭐 했어?"

"응. 성벽 한 바퀴 달리고, 훈련장에서 검술 연습."

"어우. 땀 냄새. 샤워나 하고 오지."

채원이란 아이가 손부채질하면서 얼굴을 찡그리며 타박

했다. 채원의 모습에 민주라는 아이는 혜원의 건너편 여자아이 옆으로 갔다.
"샤워는 아침 먹고 해야지. 근데 너랑 민주는 웬일이야. 아침은 안 먹는다며? 엊그제 커피 한 잔만 마셨잖아."
혜원이 수건을 목에 걸며 말했다.
"한식이잖아. 한식. 밥 먹어야지. 배고파."
"인제는 시차 적응됐나 봐?"
"온 지가 언젠데. 야 밥 나온다."
채원이란 아이가 카트를 밀고 오는 아줌마를 보며 말했다. 아줌마가 식탁 가운데에 접시들을 내려놓기 무섭게 여자아이와 친구들이 달려들었다. 그리곤 앞접시에 마구마구 음식을 옮겨 담기 시작했다. 누가 보면 걸신이라도 들린 듯했다. 여자아이와 혜원이라는 친구는 먹는 데 욕심이 많은 편이었다. 언제 어디서나 가리는 거 없이 잘 먹었다. 그런데 오늘 아침은 다른 친구들도 먹는 데 적극적이었다. 며칠 한식을 안 먹었다고 저런 모양이었다. 문제는 여자아이가 오랜만에 먹는 한식 때문에 입안이 화끈거리기 시작했다는 것이다.
"어우, 그 부적 있니? 매운 것 막아주는."
"아까 영기 주입하던 테이블 서랍에 있을 거예요. 며칠 만에 먹는 거라 좀 맵네요. 헤헤."

"난 가봐야겠다. 이따 보자."

입이 화끈거리는 것을 피하려고 얼른 식당을 벗어났다.

여자아이의 방 서랍에서 영기가 느껴졌다. 서랍을 들여다보니 다행히 기척을 지우는 부적이 제일 위에 있다. 부적 위에 손을 얹으니 입안이 화끈거리는 것이 사라졌다. 그때 아기동자가 주위를 두리번거리며 들어섰다.

"어, 차사님. 좀 전까지 계시다 갑자기 사라지셔서 어떻게 되셨나 했죠."

아기동자가 싱글거리며 다가섰다. 뭔가 부탁할 것이 있는 눈치였다.

"나는 왜?"

"차사님, 오늘은 어떻게 하실 거예요?"

"오늘? 오늘은 다른 일도 없고 해서 혜수와 같이 다닐까 하는데."

"그럼 저는 오늘 혜수와 같이 안 다녀도 되겠네요."

아기동자가 내 말에 활짝 웃었다.

"내가 있으니까 굳이 너까지 같이 있지 않아도 되지. 왜, 무슨 할 일 있어?"

"예. 어디 좀 가보려고요."

명확하게 대답하지 않고 우물대며 넘어가려는 모습이었다. 문규가 화정이 만나러 가려고 일 넘길 때 하는 행동과 비슷했다. 그래서 아기동자가 뭘 하려는지 훤히 보였다.

"그래. 오늘은 내가 볼 테니까 마음대로 해. 주변에 돌아다니는 영들이 있으니까 주의하고. 길은 찾아올 수 있겠어?"

"제가 경력이 얼마인데요. 이 정도는. 가볼게요."

아기동자가 신이 난 모습으로 후다닥 문밖으로 사라졌다. 여자아이가 동호회 방에 결계를 친 뒤로 문으로 다니는 것이 습관이 되었다. 예전에는 벽이나 천장으로 드나들곤 했다. 아기동자뿐만아니라 나 역시 마찬가지였다. 동아리 방에 몇 번 벽으로 들어가려다 결계에 막혀 부딪힌 뒤로 문으로 드나드는 습관이 들기 시작했다. 700년이 넘게 벽과 천장으로 드나들다 문으로 다니려니 불편하기도 했지만, 생각보다 금세 습관이 되었다.

"선배님."

그때 문으로 민정 차사가 들어왔다. 민정 차사는 대체로 문으로 드나들었다. 아마도 죽은 지 얼마 안 돼 그런 모양이었다. 물론 일할 때는 거침없이 건물을 뚫고 지나다니는데 평소에는 문으로 다녔다.

"어, 웬일이야?"

"오늘 일 다 끝나서요. 선배님 오늘 뭐 하세요?"

"나 오늘은 혜수와 같이 다니려고."

"잘됐다. 그럼 저도 같이 가요. SNS 업데이트하게요."

"그래."

"그런데 선배님 뭐 하세요?"

민정 차사가 한 손을 서랍에 넣고 있는 내 모습에 궁금해하며 다가왔다.

"아, 애들이 식사하는데 매운 음식이 있어서 이렇게 하고 있어. 입이 매운 것 막으려고."

"매운 거요? 루마니아 음식에 매운 게 있어요?"

민정 차사가 매운 음식이라는 말에 호기심을 보였다.

"루마니아 음식이 아니라 한식. 원영이 집에서 일하는 아줌마 있잖아. 그 아줌마가 왔어. 애들 밥해주러. 며칠 만에 먹으니까 입이 매워서."

얼굴을 찡그리는 날 보며 민정 차사가 싱긋 웃었다.

"그럼 혜수랑 애들 식당에 있겠네요."

"응. 가봐. 애들 식사 끝나면 알려줘. 그때나 내려가게."

"네."

민정 차사가 활짝 웃으며 방을 나섰다. 굳이 민정 차사가 알려주지 않아도 여자아이의 식사가 끝났는지 어떤지 알 수가 있다. 부적에서 손을 떼자 바로 입이 화끈거렸다. 얼른 다시 기척을 없애주는 부적에 손을 얹었다. 며칠 한식을 못 먹은 여자아이는 지금 신이 나서 매운 음식을 실컷 먹고 있을 것이다. 얼마나 먹는지 좀 전보다 더 입이 화끈거렸다. 민정 차사가 연락할 때까지 부적에서 손을 떼지 말자고 마음먹었다.

6월 13일

혜누

혜원은 알아주는 오컬트 마니아였다. 원래 애가 특이한 것을 좋아하고, 특히 다른 여자애들은 무서워 손도 대지 못할 것들을 좋아하긴 했다. 그런데 아무리 그래도 이건 아니었다.

"그러니까 중세 고문 기구인 아이언 메이든이 왜 필요하냐고."

"멋있잖아. 봐봐. 이거 정말 철이야. 거기다 이 스파이크. 앞뒤로 잔뜩 박힌 스파이크들. 그리고 열고 닫을 때 끽끽대는 소리까지. 이거 정말 오래된 거 같아."

혜원이 잔뜩 흥분한 모습으로 떠들어대기 시작했다. 그리곤 몸을 돌려 아나를 소리쳐 불렀다.

"아나. 이거 언제 건지 물어봐 줄래요? 그리고 이거 정말 사용했던 건지도 물어봐 줘요."

"네."

혜원의 잔뜩 상기된 표정에 아나가 웃으면서 대답했다. 그리곤 가게 주인에게 아이언 메이든을 가리키며 뭐라고 했다. 어제 아나를 통해 주문한 목걸이를 받으러 브라쇼브에 있는 가게에 들렀다. 나를 따라온 혜원은 목걸이를 파는 가게 옆 골동품 상점으로 사라졌다. 그리곤 거기서 커다란 철로 된 여성 형태의 인형을 발견하고 광분했다. 혜원을 따라 들어가 보니 골동품 상점은 폭이 좁은 내부에 잡동사니 같은 물건들이 가득했다. 층층이 쌓인 물건들에는 먼지와 세월의 흔적이 켜켜이 쌓여 있었다. 그런 물건들 속에서 어떻게 귀신같이 저런 걸 찾았는지 참 대단했다. 혜원이가 광분한 물건은 안에 날카로운 스파이크가 가득한 모양이었다. 아나의 통역에 따르면 중세 시대 사람을 넣고 문을 닫아 스파이크로 찌르는 고문 기구 아이언 메이든이라고 했다. 골동품 상점에는 아이언 메이든 말고도 갑옷과 다양한 무기들도 있었다. 혜원은 역시나 고문 기구들에 특히 관심을 보였다. 나는 도리질하며 혜원을 쳐다보았다.

"설사 산다고 쳐도 어떻게 가져갈 건데?"

"갈 때도 전세기로 갈 거잖아. 수화물 제한 없으니까 신고 가면 되지."

혜원이가 당연하다는 듯 대꾸했다. 아이언 메이든 사는 걸 기정사실로 생각하고 있었다. 그러면서 신이 나서 다른 기구들을 살펴보았다.

"비행기에는 실린다고 해도 어떻게 가지고 들어갈 건데?"

"차로 실어 가면 되잖아."

혜원이가 태평스럽게 말했다.

"그것보다 세관은? 고문 기구인데 세관에서 통과시키겠냐?"

나는 혜원의 앞을 가로막으며 팔짱을 꼈다. 올 때 비행기 안에서 스튜어디스가 전세기라 일반 항공기보다는 편하지만 세관 검사는 받아야 된다고 했다. 그건 돌아갈 때도 마찬가지였다. 비싼 물건은 미리 신고하고 세금 내면 되지만 아이언 메이든은 가격이 문제가 아니라 고문 기구라 어려울 것 같았다. 사실 세관 통과가 되고 안 되고의 문제가 아니었다. 혜원이 아이언 메이든을 가져간다면 동아리방에 가져다 놓을 확률이 100%였다. 그리고 99%의 확률로 툭 하면 그 안에 들어가 있을 게 뻔했다. 내가 걱정하는 것은 그것이었다.

"안 될까?"

그제야 세관 문제가 생각났는지 혜원이가 얼굴을 찡그렸다. 아이언 메이든에 빠져 있는 혜원을 두고 뒤로 슬쩍 물러나 아나에게 귓속말로 얘기했다.

"아나, 아이언 메이든 고문 기구인데 한국으로 가져갈 수 있을까요?"

"안 그래도 주인에게 물어봤는데 스파이크를 빼면 골동품으로 세관 통과할 수 있을 거라는데요."

아나가 말했다. 고문 기구라 세관 통과가 안 된다는 답을 원했는데 기대와 다른 대답이었다. 아마도 아나는 아이언 메이든을 보고 좋아하는 혜원의 모습에 어떻게든 가져갈 수 있는 방법을 알아본 모양이었다. 너무 일을 잘하는 것이 문제라는 말은 바로 이런 경우였다. 다시 아나를 향해 목소리를 낮추었다.

"어떻게 포기하게 할 수 있는 방법은 없을까요? 혜원이가 저걸 가져가면 다른 애들이 안 좋아할 거 같아서요."

"그럼 어떡하죠?"

아나는 고개를 갸웃하더니 다시 상점 주인에게 갔다. 혜원은 가져갈 수 없을지 모른다는 말에 아이언 메이든을 열고 손가락으로 스파이크를 찔러보고 있다.

"이건 레플리카로 새로 만든 거라 오래된 것도 아니고 사용한 적이 없는 거라고 하네요. 미나님 성에 옛날에 사용하던 아이언 메이든이 있는데 그걸로 설득하면 되지 않을까요? 그건 옛날에 사용했던 걸로 아는데요."

아나가 돌아와서 말했다.

"그래요. 그걸로 해보세요."

내가 안도하며 얘기했다. 일단 새로 만든 모조품이고 사용한 적이 없다고 하면 혜원의 호기심이 어느 정도 식을 것 같았다. 혜원이 광분하는 것은 진열된 아이언 메이든이 중세 때 만들어져 실제 사용된 거라고 알고 그런 것이다. 일단 사지 않도록 만들면 아이언 메이든이 동아리방에 놓이는 것을 1차로 막을 수 있다. 나는 무당이지만 오컬트 마니아는 아니었다. 또한 작업하는 동아리방에 고문 기구가 있는 것은 싫었다. 그때 옆으로 차사님이 다가왔다.

"쟤는 정말 이상한 것들만 좋아하더라."

"혜원이잖아요."

내가 사념으로 말하자 아나가 놀라 돌아보았다.

"차사님."

그 말에 아나는 고개를 끄덕이고 혜원에게 갔다. 차사님을 보자 진즉 물어보고 싶었던 게 생각났다.

"차사님. 사념으로 얘기할 때 다른 사람들에게 안 들리게 하려면 어떻게 해야 해요?"

"글쎄. 나도 사념 쓰는 것을 따로 배우거나 한 게 아니라, 영이 되고 나서 그냥 얘기하듯이 하는 거라."

"차사님이 여러 사람에게 얘기할 때와 저랑 얘기할 때 특별히 다르게 하시는 거 없어요?"

"너와 얘기할 때는 평소 얘기하듯 하고, 여러 사람과 얘기할 때는 크게 얘기하는 것같이 한다는 정도? 그런데 왜 말할 때 차사님을 붙이는 거냐?"

"아나 때문에요. 제가 사념으로 얘기하는 거 아나한테도 들리거든요. 혜원이도."

그 소리를 들었는지 저쪽에서 혜원이가 돌아보며 싱긋 웃었다.

"작게 얘기해 보는 것이 어때? 네가 사념으로 얘기하는 게 옆에 있으면 소리 지르는 것같이 들리거든."

"처음부터 시끄러웠어요?"

차사님은 괜찮다고 했지만 여전히 소리 지르는 것 같을까 봐 신경 쓰였다.

"처음에는 잘 들리지도 않았지. 그러다 잘 들리더니 언제부턴가 소리가 커지더라고. 근래 들어서는 더 커졌고."

"네."

일부러 작게 대답했다. 신경 써서 말하니까 소리가 작아져서 그런지 차사님과 얘기하는데 아나와 혜원의 반응이 없었다. 대신 작게 얘기하려고 신경 쓰다 보니 피곤했다. 그때 혜원이가 양손에 뭔가를 끼고 다가왔다.

"이거 멋있지?"

혜원이 내게 양손을 들어 보였다. 혜원은 손에 금속으로 된 장갑을 끼고 있었다. 전투용인지 마디에 스파이크가 박혀 있고, 옆으로 톱날 같은 것이 달려 있다. 가게 주인은 혜원의 장갑을 가리키며 뭐라고 얘기했다.

"웨어울프, 그러니까 늑대인간과 싸울 때 쓰는 전투 장갑인 건틀릿이래요. 늑대인간과 싸울 때 쓰는 거라 만들 때 은을 넣었대요."

아나가 통역을 해주었다.

"웨어울프란 말이지."

혜원은 늑대인간과 싸울 때 쓴 장갑이라는 말에 활짝 웃었다.

"잘 어울리네. 그걸 살래?"

"네가 사 줄 거야?"

혜원이 날 보며 싱글거렸다.

"아이언 메이든 안 사면."

그러자 혜원은 재빨리 건틀릿과 아이언 메이든을 번갈아 쳐다보았다. 건틀릿을 위해 아이언 메이든을 포기할 것인지 고민하는 눈치였다.

"아이언 메이든 레플리카래요. 얼마 전에 만들어서 쓴 적이 없대요. 관심 있으시면 성에 돌아가서 미나 아가씨한테 얘기해 보세요. 아이언 메이든 좋아하신다고. 아마 성에 옛날에 사용했던 아이언 메이든이 있을 거예요."

"정말요?"

혜원이 눈을 빛내며 아나를 쳐다보았다. 진짜 사용한 아이언 메이든이라는 말에 또 흥분하기 시작했다.
"네. 성 고문실에 있을 거예요."
"고문실이 있어요? 원영이 성에?"
혜원의 목소리가 커졌다. 아이언 메이든만이 아니라 고문실이 있다는 말에 더욱 흥분했다. 이런 얘기에 광분하는 것은 혜원이밖에 없을 듯했다. 그런 혜원을 보고 아나가 싱긋 웃었다.
"네. 옛날 영주님들이 계시던 성에는 죄인들을 취조하기 위한 고문실이 있었어요. 죄인들을 가두기 위한 감옥도 있고요. 미나 아가씨에게 얘기하시면 보여주실 거예요."
"결정했다. 건틀릿. 네가 사는 거다."
혜원이 날 보며 소리쳤다.
"그래."
"신난다."
혜원은 건틀릿을 얻고 성의 고문실을 보게 될 일에 신바람이 났다. 순간 어떤 이상한 기척에 돌아보니 창에서 그림자가 사라졌다. 얼른 아나와 혜원, 가게 주인을 보았다. 모두 별다른 기척을 느끼지 못한 듯했다. 잘못 본 것일까. 혼자 고개를 저었다. 창밖에서 돌연 사라지는 그림자를 봤고 어떤 꺼림칙한 기분이 남아 있었다. 가게를 나올 때까지 주의를 기울였다. 밖으로 나와 다시 한번 주위를 살펴보았다. 하지만 이후로는 아무런 기척도 느끼지 못했다. 찝찝한 기분을 안고 성으로 돌아왔다.

마차가 성문을 지나 현관 앞에 멈춰 섰다. 문을 열고 나와 혜원은 마차에서 내렸다. 바닥에 박힌 돌들이 오후의 햇살에 반짝거렸다. 아나는 문 앞에서 기다리던 메이드에게 어떤 얘기를 전해 듣더니 다가왔다.
"저는 친구분 마중하러 다시 나가볼게요."
아나가 마차에 올라타 문을 닫고 출발했다. 따각따각. 말들이 다시 왔던 길을 달려가기 시작했다.
"아, 맞다. 오늘 유리 오는 날이지?"
성에서 이런저런 일로 정신없다 보니 유리가 오는 것을 까맣게 잊고 있었다.
"키키키, 너 잊어먹고 있었구나. 유리 오면 얘기해야지."
혜원이 바로 놀리기 시작했다.
"너 건틀릿 가져가기 싫어?"
"무슨 소리야? 당연히 가져가야지."
혜원이 손에 낀 건틀릿을 쳐들었다.
"내가 오늘 왜 같은 목걸이를 여러 개 샀는지 알아?"
"아니."

혜원은 건틀릿에 정신이 팔려 건성으로 대꾸했다. 목걸이 하나를 꺼내 혜원의 눈앞에 가까이 들어 보였다.

"여기 목걸이에 터키석마다 은으로 만든 룬이 붙어 있거든. 여기에 영기를 불어넣었는데, 너무 많이 불어넣으니까 구슬이 깨지더라고."

"그거랑 이거랑 무슨 상관, 아니 너 혹시."

혜원은 얘기하다 말고 건틀릿에 은을 넣었다는 말이 생각난 듯했다. 그러자 내가 혹시 망가트릴까 봐 건틀릿을 등 뒤로 감추고 뒷걸음질 쳤다.

"감춘다고 영기를 못 불어넣는 거 아니거든."

"하기만 해봐. 나도 가만 안 있어."

"가만 안 있음? 난 목걸이 다시 사면 돼."

"치사하게 원하는 게 뭐야?"

혜원이 흘겨보며 물었다.

"유리한테 얘기하지 마."

"칫, 할 수 없지."

혜원이 건틀릿을 툭툭 치며 물러섰다.

"들어가자."

우리는 메이드가 열어준 문으로 들어갔다. 성에 들어서자 채원과 민주가 홀에서 걸어 다니고 있다.

"너희들 뭐 하는 거야?"

채원과 민주는 성에 온 첫날 입었던 중세풍의 드레스와 가발을 쓰고 홀을 걸어 다녔다. 옆에서 나코가 열심히 둘을 가르치고 있다. 채원은 우아한 걸음으로 홀을 돌아다녔다. 반면 민주는 나코가 가르치는 대로 못 하고 뒤뚱거리고 있다.

"걷는 연습. 유리 올 때까지 익숙해지려고. 너희들도 빨리 갈아입고 와."

채원이 소리쳤다.

"아, 귀찮게."

혜원은 불편한 옷을 입는다는 말에 짜증을 냈다.

"우리 성에 온 첫날 이렇게 입고 티타임 했잖아. 유리 오는 첫날도 그렇게 해줘야지. 넌 친구 위해서 그 정도도 못 해? 잔말 말고 갈아입고 와. 오랜만에 유리랑 같이 SNS에 사진 올릴 기회인데. 빨리 안 가?"

채원의 닦달에 나와 혜원은 꼼짝없이 옷을 갈아입으러 방으로 향했다.

"혜원아. 너 그 장갑 안 끼고 나올 거지?"

채원이 부채 너머로 혜원을 흘낏 바라보았다. 건틀릿을 끼고 나오면 가만 안 두겠다는 무시무시한 살기를 품은 눈빛이었다. 혜원은 고개를 푹 숙이고 홀 옆에 있는 방으로 들어갔다. 지난번에 1층 응접실 옆방에서 드레스로 갈아입어 편리했다. 오늘도 역시 같은 방에서 메이드들이 옷과 가발을 준비해 놓고 기다리고 있다. 옷 갈아입고 유리랑 사진 찍고 하다 보면 오늘 고문실 구경하기는 틀린 듯했다. 혜원을 힐끔 보니 그 생각을 하는 듯 어깨가 처져 있다.
"쟤도 한 번씩 무서울 때가 있어."
옷을 갈아입고 나오자 차사님이 채원을 보며 얘기했다.
"SNS 사진이 걸려 있을 땐 특히 그렇죠."
"그게 그렇게 중요한 건지."
차사님이 혀를 찼다. 그때 혜원이 역시 옷을 갈아입고 투덜거리며 나왔다. 드레스가 불편한지 뒤뚱거렸다.
"혜원이 너 안 되겠다. 나코, 민주보다 혜원이부터 봐줘. 쟤는 어떻게 비주얼하고 행동이 저렇게 안 맞냐."
채원이가 뒤뚱거리는 혜원을 보며 고개를 저었다. 민주는 연습한 효과인지 아까보다는 걷는 모습이 자리 잡혔다. 가끔 비틀거리지만 저 정도면 무난해 보였다. 나코가 혜원이 옆에 붙어서 걷는 자세를 잡아주고 있다.
"너희들 뭐야?"
갑자기 들리는 소리에 돌아보니 민정 차사였다.
"차사님, 안녕하세요."
"어, 안녕. 너희들 뭐 하는 거야? 옷들은 다 뭐고?"
"오늘 유리 오는 날이잖아요. 저희가 성에 온 첫날 이렇게 차려입고 티타임이랑 저녁 식사 했거든요. 유리한테도 해주려고요."

"그래?"

민정 차사가 호기심이 어린 눈으로 나를 한 바퀴 돌아보았다. 그리곤 손가락을 튕기자 민정 차사의 차림새가 순식간에 나와 같은 의상으로 바뀌었다.

"어, 차사님."

"어때? 괜찮아?"

민정 차사가 자태를 뽐내며 말했다.

"네. 잘 어울려요."

내가 활짝 웃으며 대답했다. 머리 모양도 나와 비슷한 가발로 바꾸고, 장갑 낀 손에 부채까지 들고 있다. 민정 차사가 웃으며 해수 차사를 돌아보았다.

"선배님, 이런 거 너무 좋은 거 있죠. 사지 않아도 어떤 옷이든 입을 수 있는 거요. 거기다 때도 안 타죠. 세탁할 필요도 없지. 옷 찢어지거나 해지지도 않죠."

민정 차사가 해수 차사에게 신나게 얘기했다.

"그러고 보니 저희 생활비도 안 들잖아요. 집 살 필요도 없고, 식비도 안 들고, 그리고 여행하는 데 교통비나 숙박비 전혀 안 들죠. 말 안 통해 불편한 것도 없지. 혼령이라 이런 게 너무 편한 거 있죠."

"뭐 그런 장점은 있지."

해수 차사가 고개를 끄덕였다. 여행 올 때 나와 친구들은 열두 시간 동안 비행기를 타고 왔다. 그런데 민정 차사는 수시로 왔다 갔다 한다. 저승에서 오가는 시간이 우리나라나 여기나 같다고 한다. 거기다 입국심사니 하는 절차도 필요 없다. 또 언어가 달라도 사념으로 의사소통이 되었다. 이건 나도 경험한 일이다. 나코 때도 그랬고, 네크로맨서 때 사신들과 사념으로 대화했다. 그리고 또 하나. 민정 차사가 옷을 갈아입는 모습에서 차사가 입는 옷도 영기로 만든 것이라던 해수 차사의 말이 떠올랐다. 민정 차사는 드레스를 입은 자신의 모습을 이리저리 살펴보았다. 그런데 그새 민정 차사의 드레스 차림이 달라져 있다.

"민정 차사님, 혹시?"

"어, 눈치챘어?"

민정 차사가 생긋 웃으며 목을 가리켰다.

"지난번에 왔다가 호기심이 생겨서 뉴욕을 가봤거든. 이거 뉴욕 티파니에 디스플레이되어 있던 거야. 드레스하고 잘 어울릴 거 같아서 해봤는데 어때, 잘 어울려?"

민정 차사가 목을 내밀어 목걸이와 귀걸이를 보여주었다. 클래식한 디자인이라 드레스와 잘 어울렸다.

"뉴욕 갔다 오셨어요?"

"응. 이번 기회에 가보고 싶었던 데 다 가보려고. 파리, 런던뿐만 아니라, 사막이랑 남극도 가볼 거야. 혼령이니까 아무리 덥거나 추위도 상관없잖아. 게다가 가려고 하면 바로 갈 수 있으니까."

"지역 넘어 다니면 문제 생기지 않겠냐?"

잠자코 있던 해수 차사가 말했다.

"문제만 일으키지 않으면 상관없대요. 이번에 선배님 때문에 다들 연락하면서 그렇게 정했대요."

민정 차사는 원하던 여행을 실컷 다닐 수 있다는 생각에 흐뭇해했다.

"참 선배님도 갈아입으셔야죠."

민정 차사가 해수 차사를 돌아보며 말했다.

"나? 내가 왜?"

"왜는요. 혜수랑 같이 사진 찍으려면 선배님도 갈아입으셔야죠."

"아니, 난."

순간 당황해서 해수 차사가 말을 잇지 못했다. 그 틈에 민정 차사는 폰을 꺼내 들고 의상들을 뒤져보고 있었다.

"아, 이거, 이거 선배님에게 어울리겠다. 선배님, 이 의상 어떠세요? 가발도."

민정 차사가 내미는 폰에는 중세 귀족들의 모습이 담긴

그림이 떠 있었다. 마치 궁정 무도회를 그린 것 같은 그림이었다. 내가 입은 것과 비슷한 옷차림의 여성들과 남성들이 춤을 추는 모습이었다.

"선배님, 팔 이렇게 하고 가만히 계셔보세요."

민정 차사가 해수 차사의 팔을 들어 올리고는 그 자세에서 상의를 차례로 바꾸기 시작했다. 해수 차사도 체념한 모습이었다. 여러 가지 의상들이 바뀌는 모습이 마치 옷 입히기 게임 같았다. 민정 차사의 손놀림이 능숙했다.

"됐다. 어때요, 선배님?"

해수 차사는 중세 귀족 모습으로 바뀌어 있었다. 나름 괜찮은 모습이었다. 해수 차사는 민정 차사가 찍은 자신의 사진을 보았다. 뭔가 어색한 듯한 표정이었다. 그때 초인종이 울렸다.

"유리 도착했나 봐."

내가 거실을 향해 외쳤다. 그 소리에 친구들이 출입문으로 다가왔다. 문이 열리고 아나와 반바지 차림의 유리가 함께 들어섰다.

"어서 와."

"오느라 수고 많았어."

채원과 민주가 부채질하며 길게 속눈썹을 붙인 눈을 깜박였다. 유리의 눈이 휘둥그레졌다.

"너희들 이거 뭐야?"

유리가 우리들의 모습에 놀라 소리쳤다.

"우리 성에 도착한 날 이러고 티타임 했어. 원영이가 준비해 줬어. 너에게도 똑같이 해주려고. 유리 옷도 준비돼 있으니까 얼른 갈아입고 와."

채원이 홀 옆의 방을 가리키며 말했다. 아나가 유리를 방으로 안내했다.

"선배님, 이리요. 혜수도 이리."

민정 차사가 홀의 중앙에서 손짓했다.

"혜수는 부채로 입을 살짝 가려봐. 선배님은 이쪽을 보시고요. 네, 좋아요. 찍습니다. 하나, 둘."

민정 차사가 시키는 대로 나와 해수 차사가 포즈를 잡았다. 민정 차사가 SNS 관리자가 된 뒤로 해수 차사는 부쩍 사진을 찍었다. 전부터 그랬던 것처럼 이제 자연스러운 일상이 되어버렸다. 사진을 찍고 있는 우리 앞으로 중세 귀족 자제 옷차림을 한 아기동자가 드레스를 입은 지현과 팔짱을 끼고 지나갔다.

6월 14일

해수

　브라쇼브 시내의 광장이 보이는 카페에서 여자아이와 함께 한가로이 커피를 마셨다. 다른 나라여서인지 커피의 맛과 향이 늘 마시던 것과 달랐다. 여자아이와 친구들은 몇 번 온 곳이지만 어제 온 유리라는 아이 때문에 같이 나온 모양이었다. 혜원이란 아이는 고문실을 보고 싶어 했지만, 채원이란 아이가 친구를 위해 그것도 못하냐는 말에 끌려 나왔다. 다른 아이들은 쇼핑을 가고 여자아이와 나는 카페에서 기다렸다. 원영 성에서의 커피도 좋지만 햇살이 비추는 카페에서 마시는 것도 좋았다. 한가롭게 여유를 즐기고 있는데 특이한 모습이 눈에 들어왔다. 건너편 건물 지붕 위에 기다란 검은 로브를 머리부터 뒤집어쓰고 커다란 낫을 든 모습이 눈에 들어왔다. 영락없는 사신의 모습이었다.
　"차사님, 저기."
　내가 보고 있는 걸 여자아이도 봤는지 그쪽을 가리키며

물었다.

"사신님 맞죠?"

"허공에 떠 있는 것을 보니까 사신이 맞는 거 같다."

내가 고개를 끄덕이며 말했다. 그때 허공에 떠 있던 사신의 머리가 이쪽으로 향했다. 나와 여자아이를 알아봤는지 가볍게 손을 들었다. 역시 사신이었다. 마주 손을 들어 인사를 해주었다. 잠시 뒤 건너편 건물 지붕에 한 무리의 남자아이들이 나타났다. 아이들은 왁자지껄하게 웃고 떠들며 손에 든 폰을 흔들었다. 아이들의 출현에 사신은 낫을 앞으로 내밀며 자세를 잡았다. 아이들이 폰을 들고 촬영을 시작하자 무리 중 한 애가 지붕 위를 달리기 시작했다. 아이는 허공을 훌쩍 뛰어 건너편에 착지했다. 그걸 보고 다음 아이가 달리려고 자세를 잡았다. 아이가 달리기 시작하자 돌연 사신이 아이의 앞을 가로막으며 낫을 휘둘렀다. 그러자 아이가 놀란 듯 멈춰 서며 지붕에 주저앉았다. 마치 사신의 모습이 보이는 듯 공포에 질린 표정이었다. 사신이 아이에게 다가서는가 싶더니 홀연히 사라졌다. 주저앉은 아이를 다른 아이들이 킥킥대며 놀렸다. 먼저 건너간 아이가 남은 아이들에게 건너오라고 손짓했다. 그러자 무리 중 한 아이가 지붕을 달려 가볍게 건너편 건물에 내려섰다. 또 다른 아이가 지붕 위를 달렸다. 아이는 지붕 끝에서 점프하여 건너편 건물에 착지했다. 하지만 이내 중심을 잃고 비틀거리더니 뒤로 떨어졌다. 둔탁한 소리와 함께 사람들의 비명이 울려 퍼졌다. 떨어진 아이의 몸은 움직이지 않았다. 이윽고 아이의 몸에서 혼령이 떠오르기 시작했다.

"네. 지금 좌표 보내겠습니다. 비프로스트 연결 부탁합니다."

옆에서 나는 소리에 돌아보니 정장을 빼입은 사신이 있었다. 에밀의 사무실에서 본 기억이 있는 인물이었다.

"아, 저기, 한스님?"

여자아이도 사신을 알아보았다. 그러고 보니 이번 에밀의 사무실뿐만 아니라 네크로맨서 때도 본 것 같았다.

"네. 맞습니다. 오랜만이에요. 잠시만요."

한스는 폰을 남자아이 쪽으로 향하고는 화면을 터치했다. 그러자 남자아이의 혼령이 있는 곳에 빛의 기둥이 나타났다. 잠시 후 빛의 기둥이 사라지자 남자아이의 혼령도 함께 사라졌다.

"안녕하세요. 여기 계시다는 얘기는 들었는데 만나서 반갑습니다. 한스입니다. 예전에 한국에서 뵀었죠? 해수님은 얼마 전 사무실에 오셨을 때도 뵀었고요."

사신 한스가 테이블로 다가왔다.

"한스님 이쪽 담당이세요?"

여자아이의 눈이 크게 떠졌다.
"사신도 예전에는 구역이 있었는데, 요즘은 사람들이 많이 돌아다녀서 저희도 그때그때 돌아다니고 있습니다. 두 분이 계신다는 소식에 사신들이 서로 이쪽 일을 맡겠다고 난리입니다. 당분간 저와 에밀님을 비롯해 두 분과 안면이 있는 사신들이 여기 일을 맡기로 했습니다."
한스가 미소를 띠며 말했다.
"저는 운이 좋네요. 두 분이 나오셨을 때 일이 있어서요. 같이 앉아도 될까요?"
한스는 무척 반가운지 뺨이 상기되어 있다.
"난 상관없는데."
의사를 물으러 여자아이를 보았다. 여자아이도 괜찮다고 생긋 웃으며 고개를 끄덕였다.
"감사합니다."
한스가 합석에 고마워했다. 그리곤 빈자리에 앉아 찻잔을 만들어 집어 들었다. 여자아이가 그 모습을 지켜보고 있다.
"방금 그거 비프로스트죠? 혼령 인도할 때 사용하신 거."
"네. 비프로스트입니다. 이쪽에서는 사람이 죽으면 빛이 혼령을 인도한다는 인식이 일반적이라 비프로스트로 혼령을 인도하고 있습니다."
한스가 대답했다. 여자아이는 비프로스트로 혼령을 인도

하는 것이 신기한 듯 눈을 반짝였다. 그러고 보니 나 또한 혼령을 인도하는데 비프로스트를 사용하는 것은 처음 보았다.

"비프로스트로 인도된 혼령은 어디로 가요? 차사님은 사무실로 데려간다고 하시던데."

여자아이가 날 흘끔 보며 말했다. 여자아이는 사신이 혼령을 인도하는 방식에 호기심을 갖고 있다. 일전에 에밀에게 들은 바로는 사신은 혼령을 사무실로 인도하지 않는다고 했다.

"바로 천국이나 연옥으로 갑니다. 해수님 쪽은 죽은 지 49일이 지나면 혼령이 갈 곳이 정해진다면서요. 저희는 죽기 전에 혼령이 어디로 갈지 정해집니다. 천국이나 연옥으로 갈 혼령은 저희가 비프로스트로 인도하고, 지옥으로 갈 혼령은 악마들이 인도해 갑니다."

한스가 찻잔을 만지작거리며 대답했다.

"방금 그건?"

내가 턱으로 건너편의 지붕을 가리켰다.

"연옥으로 갑니다. 무모한 짓이긴 하지만 자살은 아니니까요. 자살이면 악마가 인도해 갔죠."

"그런 위험한 일은 왜 하는지."

씁쓸함에 내가 커피를 한 모금 마시며 말했다. 그러자 여자아이도 따라 마셨다.

"신입 사신들 말이 멋있는 SNS 영상을 위해서라고 합니다. 어리니까 그런 일에 목숨을 거는 거죠."

한스가 눈살을 찌푸리며 말했다.

"그런데 저, 악마가 정말 있어요?"

여자아이가 두려운지 작은 목소리로 물었다.

"저승사자, 사신이 있는데 악마도 당연히 있지."

내 말에 여자아이가 흠칫했다. 악마가 무서운 듯했다.

"넌 어떻게 저승사자와 사신은 안 무서워하면서 악마는 무서워하냐?"

"아니 그거야 차사님이랑 한스님은 전부터 봬서 아니까 그렇죠. 안 그래도 아까 한스님 처음 봤을 때 조금 무서웠다고요."

여자아이가 눈치를 보며 대답했다.

"저승사자는 안 무섭고?"

"아니 차사님이야."

여자아이는 의자 팔걸이에 손을 얹으며 말했다.

"넌 민정 차사나 문규, 화정 차사도 안 무서워하잖아."

"그분들도 워낙 자주 봐서…."

한스가 투닥거리는 우리를 보며 웃었다. 한스 사신 보기 민망해서 얼른 멈추었다.

"다 있습니다. 천사도 악마도, 두 분 뱀파이어성에 머물고 계시잖아요. 거기 뱀파이어도 있고, 나인 테일도 있잖아요."

"그렇긴 하죠."

여자아이가 순순히 고개를 끄덕였다.

"악마는 무섭긴 하냐?"

내가 여자아이를 보며 되물었다.

"무섭죠. 악만데."

"잘못한 게 많으니까 악마가 무섭지."

"아니거든요. 그냥 무서운 거거든요. 사람이니까."

여자아이가 토라진 표정으로 눈을 흘겼다. 여자아이의 말대로 악마를 무서워하는 것이 사람들의 일반적인 반응이었다. 사실 보통 사람들은 악마뿐만 아니라 저승사자나 사신, 뱀파이어, 구미호 같은 존재들을 당연히 무서워했다. 무서워하지 않는 것이 특이한 것이다. 여자아이는 어느새 이승에 속하지 않는 존재들에게 익숙해져 있다. 여자아이가 악마를 무서워하는 모습에 조금 기분이 상했지만, 한편으로는 일반적인 반응이라 안심이 되었다.

"지옥 가기 싫으면 사고 치지 마. 괜히 나까지 끌어들여 소멸당하게 하지 말고."

내 말에 여자아이가 눈치를 보며 커피를 홀짝였다.

"저도 들었습니다. 혜수님 때문에 해수님이 이승에 개입하신 적이 있다고. 다행히 아직까지는 그 일로 처벌을 받지 않으셨다고."

한스가 미소를 띠며 말했다. 그 소리에 여자아이는 더더욱 기가 죽어 고개를 숙였다. 한스가 나를 보며 싱긋 웃었다. 폰에 알람이 떠서 보니 한스가 보낸 메시지가 있다.

-에밀님에게서 들었습니다. 천기를 어긴 것이 아니라 문제없다는 것을 혜수님에게는 말하지 말라고.

흠흠 헛기침을 하며 한스를 바라보았다.

"그러고 보니 좀 전에 낫을 휘둘러 경고하는 것 같던데. 지붕 위에 있던 아이들 중 한 명이 그 모습을 본 것도 같고. 그건 왜?"

한스의 행동은 마치 누군가에게 경고를 하는 듯한 모습이었다. 그리고 그 모습이 사람에게 보이는 것 같았다.

"아, 그거요. 가끔 있는 일인데, 혼령을 인도하는 것 말고도 특정한 사람에게 경고하라는 지시가 내려올 때가 있습니다. 조금 전처럼요."

"이승에 개입하라는 지시인가요?"

이번에는 여자아이가 되물었다.

"네. 저희도 이유는 모릅니다. 간혹 지시가 내려오면 보신 것처럼 경고합니다."

"그럼 경고하실 때는 로브에 커다란 낫을 든 모습으로 하시는 거예요?"

여자아이가 재차 물었다.

"처음에는 경고 메시지를 강하게 하려고 그런 모습으로 보였던 건데, 이제는 사람들이 사신 하면 다 그 모습을 떠올리니까 바꿀 수가 없어요. 그래서 사람들에게 경고할 때는 다들 그 복장을 하고 있습니다."

한스가 손짓하자 두건을 쓰고 큰 낫을 든 모습으로 변했다. 그리곤 이내 다시 원래의 정장 차림으로 돌아왔다.

"우리도 얼마 전 드라마가 나오기 전까지는 도포에 갓을 쓰고 다녔으니까. 사람들에게 박힌 모습을 바꾸기가 쉽지 않죠."

내가 웃으며 말했다. 저승사자가 검은색 정장을 입고 다니기 시작한 것은 최근의 일이었다. 신입 차사들이 인기 드라마에서 저승사자가 검은색 정장을 입고 나왔다고 했다. 그리고 신입들을 중심으로 검은색 정장을 입기 시작했다. 그 후 유행처럼 번지더니 지금은 대부분의 차사들이 검은색 정장을 선호했다. 간혹 노인을 인도하러 갈 때 예전 의상을 입는 차사가 있긴 했다. 물론 혼령이라 어떤 의상을 입든지 활동에 어려움은 없었다. 그런데 지금은 검은색 정장에 익숙해져서 즐겨 입게 되었다.

"사신은 이승에 개입하는 경우가 있네요?"

여자아이가 궁금한지 계속 물었다.

"하지만 그런 일이 많지는 않습니다. 좀 전에도 몇 년 만에 한 일인데 두 분이 보시니까 조금 민망했습니다. 저희도 이승의 일에는 개입하지 않거든요. 두 분 지금 뱀파이어성에 계시죠?"

"네."

"거기서 많은 사람들이 죽었는데도 저희는 아무런 개입을 하지 않았습니다. 하룻밤 사이에 100명이 넘는 뱀파이어가 소멸된 일도 있었습니다. 그때도 저희는 개입하지 않았습니다. 저승이 들썩할 정도로 큰 사건이었는데, 아무런 개입을 하지 않은 거죠. 저희도 지시받은 것 외에는 하지 못하게 되어 있거든요. 천기에 개입하면 안 되는 것처럼요."

한스가 설명했다. 한스가 말하는 사건은 원영에게 들은 바가 있었다. 대숙청이라고 드라큘라가 자신을 따르던 뱀파이어들을 학살한 사건이었다. 한국에서 뱀파이어 정도의 마물이 대량으로 소멸한다면 차사 사무실도 들썩일 것이다. 그 정도 사건에도 개입하지 않았으면 우리처럼 이승에 개입하지 않는 것이었다. 그때 멀리서 발소리가 다가왔다. 쇼핑 갔던 채원이라는 아이, 민주라는 아이, 유리라는 아이가 손을 흔들었다. 그걸 보고 한스가 자리에서 일어났다.

"일행분들이 오시나 보네요. 그럼 전 그만 가보겠습니다."

"다음에 또 뵈어요."

한스의 인사에 여자아이가 고개를 까딱하며 인사했다. 한스가 사라진 자리에 여자아이의 친구들이 우르르 와서 앉았다.

"혜수야. 이거 봐. 어때?"

채원이라는 아이가 머리를 쓸어 넘겨 양쪽 귀의 귀걸이를 보여주었다.

"예쁘네. 어디서 샀어?"

"길거리 노점에서. 라브 뭐라고 하는 보석이라는데 예쁘지?"

채원이라는 아이가 고개를 흔들었다. 그러자 파란색으로 반짝이는 보석이 박힌 귀걸이가 달랑거렸다.

"이거 아나 도움 없이 내가 혼자 샀어."

채원이라는 아이가 우쭐한 얼굴로 자랑했다.

"어떻게? 말도 안 통하잖아."

"말은 안 통하는데, 어떻게 하다 보니까 대충 됐어. 예쁘지."

여자아이의 친구는 신나서 계속 귀걸이 자랑을 늘어놓았다.

"나도 사고 싶었는데."

민주라는 아이가 입이 삐죽하게 나왔다.

"너도 가서 사지? 아나랑 같이 가면 되잖아."

"채원이 산 거 보고는 아나랑 같이 갔는데, 없어."

"없다니? 같은 귀걸이가 없어?"

여자아이가 눈을 둥그렇게 뜨고 되물었다.

"제가 같이 갔는데 노점이 사라졌어요. 채원님에게 귀걸이를 팔고 들어간 것 같아요. 채원님도 커피 드실 거죠?"

"네. 저는 아이스 아메리카노요."

"네."

아나는 주문하러 갔다. 그때 이상한 느낌이 들었다. 누군가 지켜보는 듯한 기분이었다. 주위를 돌아보자 멀리 건물 모퉁이로 그림자가 사라지고 있다. 재빨리 그쪽으로 날아가 보았다. 그런데 거리에는 지나다니는 사람들뿐이었다. 주변을 한 바퀴 둘러보았다. 특이한 점은 보이지 않았지만, 영 기분이 찜찜했다. 분명 어떤 시선을 느낀 것 같은데. 주위를 돌아보다 골동품 가게 앞에 있는 기한과 마주쳤다.

"여기 있었어?"

"아, 네. 차사님."

"여기서 뭐 해?"

"혜원이가 저기서 나올 생각을 안 해서요."

기한이 고개를 저으며 상점을 가리켰다. 안을 들여다보니 혜원이라는 여자아이가 지난번에 관심을 보였던 고문 기구를 살펴보고 있다. 아이가 핸드폰으로 뭔가를 보여주자 가게 주인이 곤란한 표정을 지었다. 그런데 아이는 계속 주인을 설득하고 있다. 여자아이가 계속 부탁하자 주인은 마지못한 듯 고개를 끄덕였다. 그러자 신바람이 난 아이가 고문 기구를 열고 들어갔다. 스파이크들이 찌르는데도 전혀 개의치 않는 모습이었다.

"쟤는 참 특이한 거 좋아해."

"혜원이잖아요."

기한이 체념한 모습으로 대답했다.

"그런데 차사님은 웬일이세요? 혜수랑 같이 안 계시고."

기한의 말에 그제야 용건이 생각났다.

"이상한 시선이 느껴져서 둘러보고 있어. 혹시 수상한 자나 시선 같은 거 느낀 거 없나?"

"아뇨. 저는 모르겠는데요?"

"그래. 그럼 수고하고. 혹시 수상한 것 보면 얘기해주고."

"예."

기한과 인사하고 허공으로 떠올라 다시 주변을 휘둘러 보았다. 하지만 수상한 인물이나 기척은 찾을 수가 없었다. 떠돌던 혼령인가 하는 생각이 들었다. 혼령이 아니면 이렇게 빨리 나를 피해 도망치거나 숨을 수가 없었다. 밤에 성 주변을 돌아보며 떠도는 혼령들을 많이 봤다. 낮이기는 해도 떠도는 혼령이 있을 수 있다. 혼령은 저승사자를 보고 본능적으로 피한다. 이번도 그런 혼령들 중 하나일 가능성이 높았다. 부유령이라면 크게 해를 끼치거나 할 가능성이 낮았다. 다시 여자아이가 있는 곳으로 돌아갔다. 여자아이와 친구들은 여전히 쇼핑 얘기 중이었다.

"무슨 일 있었어요?"

여자아이는 친구들과 얘기하며 사념으로 물었다. 갑자기 어디론가 날아갔으니 궁금해할 만했다.

"별일 아냐. 그냥 주위 한번 돌아보느라고."

"그러셨구나. 저는 또."

확실하지 않은 일로 괜히 불안하게 만들기 싫어 그 정도로 마무리했다. 그런 내 생각을 눈치챘는지 여자아이도 더는 묻지 않았다.

6월 15일

혜수

집사가 열어준 문으로 들어서자 넓은 홀이 나타났다. 한쪽은 큰 창문들이 줄을 지어 있고, 맞은편 벽에는 커다란 문장이 드리워져 있다. 금빛 문장이 드리워진 벽 앞 단 위에 커다란 의자가 놓여 있었다. 중앙 단의 옆 벽에는 전장에서 싸우는 모습의 벽화가 보였다. 벽화 중심에 커다랗게 그려진 인물에 눈이 멈췄다. 패밀리어의 퍼포먼스가 있던 클럽에서 싸웠던 드라큘라의 모습이었다. 유리가 옆에 다가와 벽화를 보았다. 그런데 유리는 드라큘라의 모습에 별다른 반응이 없었다. 드라큘라에 대한 기억이 완전히 지워진 듯했다.

"여기는 알현실입니다. 영주님을 찾아온 사람을 맞던 장소죠."

뒤따라 들어온 아나가 설명했다.

"그럼 저기가 영주님이 앉아 있던 자리겠네요. 앉아봐도 돼요?"

"네. 앉아보세요."

아나의 승낙에 혜원은 재빨리 달려가 단 위의 의자에 앉았다. 어제저녁 브라쇼브에서 저녁까지 먹고 들어왔다. 오늘은 다들 늦잠을 자고 일어나 아침을 먹고 성안을 구경 중이었다. 물론 늦게 일어난 것은 유리와 민주, 채원이었다. 나는 여느 날처럼 일찍 일어나 영기 수련을 했고, 혜원은 오늘도 성을 한 바퀴 뛰고 검술 연습을 끝낸 참이었다. 어제는 시내 구경을 하고 오늘은 성을 구경하기로 했다. 원영이 성이지만 햇살 알러지를 핑계로 아나가 안내했다. 뱀파이어성이라 모든 창에 암막 커튼을 치고 덧창까지 달았다. 지금은 구경하는 사람들의 편의를 위해 햇빛이 들게 커튼을 걷고 창과 덧창을 모두 열었다. 알현실도 창으로 비쳐든 햇살에 실내가 환했다. 친구들은 원영이 나타나지 않아도 별다른 의심을 하지 않았다. 예전부터 원영에게 햇살 알러지가 있는 걸 알고 있고, 크고 화려한 성의 시설에 감탄하느라 정신이 없었다.

"깨끗하다. 지금도 사용하는 곳 같아."

유리가 실내를 둘러보며 감탄했다.

"지금도 사용하고 있어요. 지난달 브라쇼브 시장이 미나 님을 찾아왔을 때도 여기서 접견하셨어요."

"네?"

유리와 민주가 눈을 동그랗게 떴다. 원영이 뱀파이어인 것을 모르는 친구들은 아나의 말에 놀라고 있다. 반면 까닭을 알고 있는 나와 혜원은 놀라지 않았다.

"미나님 집안이 영주셨잖아요. 아직도 미나님을 따르는 사람들이 많아요. 특히 브라쇼브 시장은 미나님에게 인정받아야 될 수 있는 자리거든요. 주민들 중에도 문제가 있으면 미나님을 찾아오는 경우가 있어요. 그럴 때 미나님이 여기 알현실에서 사람들을 만나세요."

아나가 친구들에게 설명했다.

"지금도 쓰는 거란 말이지."

혜원은 거만한 표정을 지으며 의자 등받이에 기대앉았다. 지금도 사용한다는 말에 신이 나 손잡이를 만지고 있다.

"메인 건물은 여기까지예요. 다른 건물도 돌아보실래요?"

"다른 건물에는 뭐 뭐 있는데요?"

민주가 물었다. 넓은 건물을 돌아다니느라 친구들은 벌써 피곤해하는 기색이었다. 100명이 넘는 뱀파이어들이 살던 성답게 메인 건물만 해도 수십 개의 방들이 있었다. 그곳은 사무실을 비롯해 다양한 용도로 사용되었다고 한다. 성이라기보다 시청 수준의 건물이었다. 아나의 설명에 따르면 영주는 영지에 관련된 다양한 일들을 처리해야 해서 영주의 성은 관청의 기능도 했다 한다. 브라쇼브가 더 이상 영지도 아니고, 시와 주민들에 대한 업무는 관공서로 이전되어 성에서는 원영이 소유한 사업들에 대한 업무만 처리했다. 게다가 성에 거주하는 사람도 많이 줄어서 사용하지 않는 곳이 많았다. 사용하지 않는다고 방이 없어지는 것은 아니어서, 건물은 여전히 시청 규모를 유지하고 있었다. 주요 시설들만 돌아봤는데도 평범한 체력의 친구들은 힘들어했다. 특히 어젯밤에 잠을 잘 못 잔 채원이가 많이 힘들어했다. 채원은 오늘 새벽에 아침 준비를 하러 가던 메이드가 방에서 멀리 떨어진 복도에서 발견했다. 메이드가 다가가 보니 채원은 잠옷 차림에 긴 머리를 늘어뜨린 채 눈을 감고 천천히 걸어가고 있었다. 그 모습에 메이드가 깜짝 놀랐다. 메이드가 불빛을 비추자 놀라며 깨어났다고 했다. 얘가 몽유병이 있다는 소리를 들어본 적이 없는데. 친구들은 모두 의아해했다.

"다른 건물에는 병사 훈련장과 성당, 그리고 죄수들을 가둬두던 감옥과 고문실 같은 것들이 있어요."

"가자."

고문실이라는 말에 혜원이 흥분해서 자리를 박차고 일어났다.

"아, 힘들어. 난 안 갈래. 넌?"

채원은 혜원이가 일어난 의자에 주저앉으며 애들을 쳐다보았다.
"나도."
"나도."
유리와 민주가 의자 팔걸이에 걸터앉으며 말했다.
"난 갈 건데 마이짱은?"
"저도 둘러보겠습니다."
나코의 말에 사쿠라씨가 공손하게 대답했다.
"넌 어떡할 거야?"
뒷짐을 진 채 잠자코 우리 일행을 따라오던 차사님이 내게 물었다.
"어떡하긴요. 가야죠. 혜원이 쟤 혼자 뒀다 무슨 사고 칠지 모르잖아요. 또 이상한 거 가져가려는지도 봐야 하고요."
내가 사념으로 말하며 머리를 흔들었다. 혜원이는 유리가 도착한 날 드레스를 갈아입으러 갔다가 기어이 건틀릿을 끼고 나와 채원에게 한 소리를 들었다. 그런 혜원이 고문실에서 어떤 사고를 칠지 알 수 없었다. 나랑 혜원, 나코, 사쿠라씨만 따라나서자 아나와 집사가 편하게 얘기하기 시작했다. 얘기하기 편한 건 나도 마찬가지였다. 채원과 민주, 유리에게는 얘기할 수 없는 것들이 있어 힘들었다. 아나를 따라 긴 복도를 걸었다. 언제까지 애들에게 숨겨야 할지 고민이었다. 적당한 기회에 얘기하고 싶은데 마땅한 기회를 찾을 수가 없었다. 물론 내가 내림굿을 받은 것은 다들 알고 있는 사실이었다. 저승사자가 신장인 것도 얘기해 알고 있다. 혼령이 보인다거나 하는 얘기도 그러려니 할 것이다. 그런데 친구들이 받아들일 수 있는 것은 거기까지였다. 혜원이가 기한 아저씨랑 계약을 맺었다는 것부터 설명하기 힘들었다. 거기다 나코가 구미호고 원영이 뱀파이어라고 하면 장난으로 받아들일 것이다. 거기에는 혜원이가 오컬트 마니아라는 이유가 컸다. 설사 진짜 나코와 원영의 정체를 알게 된다고 하더라도, 그 뒤 벌어질 일은 긍정적인 것보다 부정적일 확률이 훨씬 컸다. 그리고 만일 긍정적이더라도 친구들과의 관계가 지금보다 힘들어질 듯했다. 그래서 이런저런 문제들 때문에 아직 얘기하지 못하고 있다. 심지어 원영의 패밀리어인 유리에게도 사실을 얘기하지 못하고 있다. 이번 여행에서 혹시라도 채원이나 민주, 유리가 원영과 나코의 정체를 알고 난리가 날 경우 어떻게 할 것인지 얘기한 적이 있다. 만일 그런 일이 벌어지면 원영이나 나코의 능력을 사용해 친구들의 기억을 지우는 것으로 결론이 났다. 학교에서는 함께 있는 시간이 길지 않아 몰랐는데, 여행 와서 계속 붙어 있다 보니 얘기할 수 없는 것들 때문에 불편한 경우가 많았다. 거기에 한 번씩 튀는 혜원이 때문에 신경이 곤두섰다. 생각하다 보니 짜증 나서 혜원을 흘겨보았다. 그런데 혜원은 고문실을 구경할 생각에 들떠 있느라 신경도 안 썼다. 대신 혜원의 옆에 있던 기한 아저씨가 그 눈빛에 흠칫했다.

"여기가 훈련장이에요. 혜원님은 매일 여기서 연습하신다면서요?"

"네."

석조 건물을 빠져나가자 두꺼운 돌담으로 둘러싸인 넓은 광장이 나왔다. 바닥도 돌이 깔려 있다. 훈련장 한쪽에 나무로 만든 인형과 표적들이 있다. 다른 쪽 벽에 나무로 만들어진 무기들이 세워져 있다. 무기들이 세워진 옆에 두꺼운 철문이 보였다. 집사가 철문으로 다가가서 자물쇠를 풀었다. 집사가 풀어준 문으로 아나가 우리를 안내해 들어갔다.

"이곳은 무기 창고예요."

"우와."

혜원이가 탄성을 터트렸다. 방 안에는 갑옷을 비롯해 나무가 아닌 금속으로 만들어진 진짜 무기들이 진열되어 있었다. 단도부터 사람 키보다 더 큰 대검까지 다양한 크기의 칼들을 비롯해, 창과 도끼와 같은 무기들이 줄지어 있다.

방패도 작은 크기부터 사람만 한 것까지, 거기에 수많은 활과 화살들이 있었다. 웬만한 부대가 사용해도 될 만큼 많은 무기였다.

"이거 혹시 정말 사용했던 거예요?"

혜원이 칼 하나를 들고 살펴보았다. 날카롭게 날이 서 있는 모습이었다.

"예. 블러드님의 병사들이 전쟁에서 사용했던 무기들이에요. 저쪽 안에 있는 게 블러드님이 사용하셨던 무기들이고요."

아나의 손짓을 따라 우리는 안쪽으로 들어갔다. 유리 진열장 안에 갑옷과 무기들이 전시되어 있었다. 블러드라는 이름에 걸맞은 핏빛의 갑옷과 무기들이었다. 그 옆에 차갑게 빛나는 갑옷과 무기들도 진열되어 있었다.

"이건 뭐예요? 다른 무기들과 달라 보이는데."

"아, 이건 미나님이 웨어울프와의 전투에 사용했던 무기들이에요. 은이 들어간 무기죠."

"웨어울프요?"

혜원의 눈이 빛나기 시작했다. 늑대인간과 싸울 때 사용했다는 말에 흥분해서 무기를 꺼내 들어보았다.

"옛날에 사용했던 무기인데 관리가 잘 되어 있네요."

혜원이 말했다. 그러고 보니 무기들은 먼지 하나 없이 깔

끔하게 관리되어 있다. 갑옷에도 먼지 하나 없었다.

"가끔 사용하고 있어요. 필요한 경우를 대비해 항상 관리하고 있죠."

중세의 무기를 사용한다고 아나가 말하고 있다.

"사용한다고요?"

예상하지 못한 대답에 나도 놀라고 말았다.

"자주는 아니지만 힘으로 해결해야 하는 일들이 있거든요. 저희에 대한 정보가 알려지는 것을 막으려고, 미나님이 관공서와 암흑가 양쪽을 관리하고 계세요. 그중에서 암흑가는 주변 갱들과 충돌하는 경우가 있어서요. 그럴 때면 실력 행사를 해야 할 필요가 있거든요."

아나가 살짝 미소를 띠며 말했다. 옆에서 지켜본 바로 뱀파이어라는 사실이 알려지더라도 사람이 원영을 어떻게 하거나 하는 것은 불가능했다. 그렇다 하더라도 신분을 숨기는 이상 골치 아픈 일은 필연적으로 발생한다. 그래서 정보 차단은 필요해 보였다. 완벽한 정보 차단을 위해서는 관공서와 암흑가 양쪽을 관리하는 것도 필요했다. 그리고 암흑가는 힘의 논리가 지배하는 곳이었다. 무기를 가지고 싸우는 것이 당연해 보이긴 했다. 그런데 이런 무기로 싸울 줄은 몰랐다.

"이거 연습할 때 써도 돼요?"

혜원이 칼 하나를 뽑아서 휘둘러보며 말했다. 마음에 드는 모양이었다.

"원하시는 것 있으면 사용하셔도 된다고 미나님이 말씀하셨어요. 훈련장에 가져다 놓게 할게요."

아나가 돌아서서 집사에게 뭐라고 얘기했다. 그러자 집사는 고개를 끄덕이고 혜원에게서 칼을 받아 밖으로 가지고 나갔다.

"다른 곳도 보실래요?"

아나가 무기 창고 밖으로 나가며 말했다. 아나를 따라 훈련장을 가로질러 갔다. 뒤쪽에 다른 건물이 있었다. 먼저 나갔던 집사가 두꺼운 철문을 열고 안으로 안내했다. 우리는 모두 뒤를 따랐다. 그곳은 사격장이었다. 나란히 놓인 테이블과 벽에 걸려 있는 표적들이 보였다. 그리고 두꺼운 유리장 안에 각종 총기들이 진열되어 있다.

"이거 진짜예요?"

혜원은 유리장에 바싹 붙어 안에 진열된 총기들을 살펴보고 있다.

"네. 저희는 경호업체와 자경단을 운영하고 있어 합법적으로 보유하고 있는 총기들이에요. 말씀드린 갱들에게 실력 행사를 할 때 사용하기도 하죠. 쏴보실래요?"

아나가 얘기하자 집사가 유리장을 열었다. 권총과 소총

을 하나씩 사격대 테이블에 가져다 놓고 탄창과 총알들을 가져왔다. 아나가 권총에 탄창을 끼우고 표적을 향해 사격을 시작했다. 귀를 때리는 엄청난 소리에 나는 깜짝 놀라고 말았다. 극장에서 본 영화에 나온 총소리와 차원이 달랐다. 영화 속 대포나 폭탄 소리보다 훨씬 컸다. 아나가 권총 사격을 끝내자 이번에는 집사가 소총에 탄창을 끼우고 사격했다. 이미 권총 소리에 놀란 뒤라 그나마 다행이었다. 소총은 소리가 권총 소리보다 훨씬 컸다. 소총을 쏘니까 땅까지 울렸다. 영화 속 사격 연습하는 장면에서 왜 귀마개를 하는지 이해가 되었다. 머리가 멍해질 정도의 소음에 사쿠라씨도 놀란 표정이었다. 그런데 그 옆의 나코는 태연했다. 혜원도 생각보다 큰 소리에 놀랐지만 이내 신바람 난 표정이었다. 집사가 사격을 마치고 총을 테이블에 내려놓았다. 나코가 테이블로 다가가더니 능숙한 손놀림으로 권총의 탄창을 바꾸고 사격을 시작했다.

"나코님, 사격 잘하시네요."

아나의 목소리에 돌아보니 뒤편 모니터에 표적이 확대되어 표시되었다. 나코가 권총으로 쏜 표적은 사람 머리 모양의 한가운데에 구멍들이 뚫려 있었다. 옆에 아나의 표적은 몸통 부분만 군데군데 구멍이 뚫려 있다.

"예전에 많이 쏴봤어. 난 전쟁도 겪었잖아. 좋은 총이야.

옛날 총들과는 비교도 안 될 정도야."

나코가 웃으며 총을 내려놓았다.

"저도 한번 쏴볼래요."

혜원이 앞으로 나섰다. 아나가 권총의 탄창을 갈아주고 자세를 잡아주었다. 총을 쏘자 혜원은 한 걸음 퉁겨나갔다. 혜원은 체력도 좋고 힘도 센 편이었다. 원영에게 검술을 1년 넘게 배웠고 매일 달리기를 해 팔과 다리 힘이 장난이 아니었다. 그런데 영화에서 여자도 한 손으로 쉽게 쏘는 권총에 혜원이 뒤로 퉁겨나가다니. 역시 영화와 현실은 달랐다.

"와, 장난 아니다."

"그쵸. 그나마 반동이 약한 9mm 모델이에요. 그래도 처음 쏴보신 분에게는 반동이 강하죠. 처음인데 총을 놓치지 않으신 것만 해도 잘하신 거예요. 여자분이 처음 권총을 쏘면 대부분 손힘이 약해 총이 퉁겨나가거든요."

"아나는 많이 쏴봤나 봐요. 잘 쏘네요."

혜원의 칭찬에 아나가 어깨를 으쓱했다.

"저 경호업체 소속이잖아요. 사격 연습은 정기적으로 해요."

"다시 해볼래요."

혜원의 말에 아나가 다시 자세를 잡아주었다. 먼저 경험이 있어서인지 자세에 힘이 들어가 있다. 혜원이 집중해서 권총을 발사했다. 이번에는 총을 쏴도 뒤로 퉁겨나가지 않았다. 몸이 뒤로 흔들리는 정도였다. 혜원은 재미있는지 계속해서 사격했다. 그런데 혜원보다 체격이 작은 나코는 한 손으로 쉽게 총을 쏘고 있다. 이럴 때면 나코가 사람이 아니라는 것을 새삼 깨달았다. 물론 평소 힘쓰는 것도 장난이 아니지만.

"너와 같이 있어서 그런지 총 소리가 많이 크구나."

사념 소리에 돌아보자 해수 차사가 혜원이 사격하는 모습을 지켜보고 있다.

"차사님도 총소리 처음 들어보신 거예요?"

"전쟁 때 들어보긴 했지. 하지만 나는 혼령이라 실제 소리와는 다르게 들리지. 지금은 너와 가까이 있어서 그런지 소리도 예전보다 크고 땅까지 울리는 것 같다."

"정말 그래요. 총소리가 이렇게 큰지 몰랐어요."

내가 놀란 얼굴로 고개를 저었다.

"너도 쏴볼 거냐?"

해수 차사가 물었다. 딱히 총이나 사격을 좋아하는 것은 아니지만, 이번이 아니면 실제 총을 마음대로 만지고 쏴볼 기회가 없을 것 같았다. 내 마음을 읽었는지 해수 차사가 돌아섰다.

"난 밖에 나가 있으마. 귀가 먹먹해서."

해수 차사는 고개를 절레절레 흔들며 나가버렸다. 그사이 나코가 소총을 들고 사격을 개시했다. 어깨에 소총을 받치고 표적을 뚫어지게 쏘아보고 있다. 총을 쏘는 폼이 안정되고 멋있었다. 혜원이와는 비교가 되지 않는 자세였다. 역시나 이번에도 표적의 머리 중앙에 계속해서 명중시키고 있었다.

6월 16일

해수

　클럽 안은 시끄러운 음악이 울리고 있었다. 전날 여자아이와 친구들은 원영과 같이 시내 레스토랑에서 저녁 식사를 하고 클럽으로 왔다. 마주치는 사람들이 지역 영주의 딸인 원영을 반가워하며 공손하게 인사했다. 클럽에서도 VIP 룸으로 안내했다. 아나라는 패밀리어에게 물어보니 이곳도 원영의 소유였다. 브라쇼브에서 원영의 영향력은 생각보다 컸다. 시장 같은 공직에 있는 사람들뿐 아니라, 길에서 마주치는 사람들 모두 원영을 보고 좋아하며 인사를 했다. 클럽에 도착했을 때도 원영이 차에서 내리자 입구에 줄지어 선 사람들이 환호하며 좋아했다. 원래 이 지역은 드라큘라가 다스리던 땅이고 원영이 나타난 것은 최근의 일이었다. 불과 1년 반 정도의 시간 만에 원영은 패밀리어를 비롯한 드라큘라의 세력을 완전히 장악했다. 지역 주민들에 대한 기억 조작도 끝낸 듯했다. 드라큘라가 죽었을 때 패밀리어들의 정신이 붕괴하여 큰 혼란이 있었을 텐데 아무도 기억하는 사람이 없었다. 이곳 사람들은 원영이 애초에 자신들을 다스리던 영주의 딸이라고 생각했다. 그래서 다들 원영을 존경하는 모습이었다. 여자아이의 말에 의하면 드라큘라와의 싸움에서, 드라큘라는 처음에 원영에게 자신의 군대를 이끌라고 했다고 한다. 드라큘라도 원영의 능력은 인정했다. 여기에 와보니 원영의 능력이 어느 정도인지 새삼 깨닫게 되었다. 그리고 생각해 보면 원영이 이곳에서 보낸 시간은 몇 달 되지 않았다. 그 대부분도 여자아이나 친구들과 같이 있었다. 그렇게 보니 원영의 능력이 더 대단해 보였다.

그런 엄청난 능력을 가졌으면서도 원영은 평범한 사람처럼 행동했다. 아나라는 패밀리어의 말에 의하면 여기서도 일과 관련된 사람들을 만날 때 외에는 성에서 조용히 지낸다고 한다. 지금도 시끄러운 클럽 안이지만 조용히 앉아서 와인을 마시고 있다. 여자아이와 친구들은 2층에 있는 VIP 룸과 스테이지를 오르내렸다. 클럽은 평일인데도 많은 사람들로 북적거렸다. 입구에도 들어오지 못한 사람들이 길게 줄지어 서 있었다. 브라쇼브에서 가장 인기 있는 클럽이라 붐빈다고 한다. 여자아이와 친구들이 올라오고 잠시 뒤 채원이라는 친구가 들어왔다. 저녁부터 마신 술과 클럽의 분위기에 들뜬 표정이었다.

"여기 한국말 잘하는 사람 많나 봐."

채원이 소파에 앉으며 말했다.

"많잖아. 여기 다 한국말 잘하잖아. 키키키."

민주라는 아이가 맞장구를 치며 웃었다.

"우리 말고. 나 좀 전에 저쪽에 남자들이 같이 놀자고 해서 갔다 왔거든. 그런데 거기 남자 한 명이 한국말을 하는 거야. 그것도 유창하게."

"그래? 뭐 아나도 있으니까. 그런데 넌 누군지도 모르는 남자를 따라간 거야? 말도 안 통하면서?"

여자아이가 타박하듯 말했다.

"모르는 사람 아냐. 나한테 귀걸이 팔았던 남자야. 그래서 따라갔지."

채원이라는 아이가 머리카락을 걷어 귀걸이를 보여주며 말했다.

"아, 맞다. 귀걸이. 그 사람 어디 있어? 나도 귀걸이 살래."

전부터 귀걸이를 부러워하던 민주라는 아이가 채원에게 졸랐다.

"클럽에 놀러 온 사람인데 귀걸이가 있겠니? 주말에 나올 거라니까 그때 사. 여기 남자들 잘생겼더라. 말도 잘하고."

채원이라는 아이가 귀걸이를 만지작거리며 말했다.

"넌 성진 오빠 있잖아."

민주라는 아이가 참견했다.

"그러니까 내가 참았지. 성진 오빠 아니었으면 바로 국제 연애 해보는 건데."

채원이라는 아이가 아쉽다는 듯 말했다.

"해봐요. 언니. 여기 있는 동안만 사귀면 되잖아요."

원영이 와인 잔을 손으로 빙글빙글 돌리며 얘기했다.

"그럴까?"

채원이라는 아이가 솔깃해했다.

"요즘 애들은 연애를 쉽게 생각하나 보네."

내가 여자아이에게 사념으로 말했다. 사귀는 남자가 있으면서 다른 남자에게 관심을 갖는 모습이 보기에 안 좋았다.

"쟤 오기 전에 싸워서 그래요. 아시잖아요."

여자아이가 대수롭지 않게 대답했다. 그런가. 요즘 아이들 생각은 우리 때와 달랐다. 우리 때와? 왠지 혼자만 나이 든 것 같았다.

"누구야?"

궁금한지 혜원이라는 아이가 물어보았다. 그러자 채원이라는 아이가 몸을 쑥 내밀고 아래층 어느 곳을 가리켰다.

"저기야. 저기. 브라운색 셔츠에 짧은 머리 보이지? 그 사람이 루푸야. 나에게 귀걸이 판 남자. 한국말은 못하는데 어떻게 말은 통해. 그 옆에 잘생긴 남자 보이지?"

"응."

"이름이 루시안이래. 잘생겼지. 한국말도 잘하고."

채원이라는 아이의 설명에 모두가 그쪽을 바라보았다.

"어디예요? 언니?"

원영이 루시안이라는 이름에 관심을 보였다.

"저기. 세 번째 테이블. 남자들 여럿 있는 자리."

채원이라는 아이가 가리킨 자리를 보더니 원영의 눈빛이 변했다. 아나가 일어나 남자들 쪽을 보고는 방을 나섰다.

"어, 나가나 봐."

채원이라는 아이의 말에 그제야 나도 그쪽을 돌아보았다. 남자들이 자리에서 일어나서 나가고 있다. 이쪽의 시선을 느꼈는지 남자 하나가 돌아보며 싱긋 웃어 보였다. 채원이라는 아이가 남자들에게 손을 흔들었다. 그러자 남자들이 손을 마주 들어 보이고는 서둘러 움직였다. 원영이 그 모습을 차가운 표정으로 바라보고 있다.

"왜 그래? 무슨 일이냐?"

원영에게 사념으로 물었다.

"루시안이라는 자가 이끄는 웨어울프, 그러니까 늑대인간 무리가 주변을 돌아다닌다는 정보가 있어서요."

"늑대인간과는 안 좋은 사인가?"

"뱀파이어와 웨어울프는 둘 다 한적하고 영기가 강한 곳을 본거지로 삼거든요. 본거지로 삼으려는 곳이 같으니 충돌할 수밖에 없죠. 예전에는 자주 부딪혔어요. 근래 들어서는 그런 일이 없었다는데."

원영은 말없이 생각에 잠겼다. 서로 다른 두 종족이 본거지로 원하는 장소가 같으면 다툼이 일어나는 것은 당연했다. 그러고 보니 성을 둘러볼 때 웨어울프와 싸울 때 사용한 무기들이 많이 있었다. 남자들을 따라 나갔던 아나가 돌아왔다. 아나는 원영에게 다가가서 귓속말을 했다. 빨리 돌아온 것이 남자들을 놓친 듯했다. 남자들은 원영이 자신들을 주시하자 바로 나가버렸다. 원영이 자신들을 의심하는 것을 알아챈 눈치였다. 아나는 원영과 얘기를 하면서 유리라는 아이를 돌아보았다. 그리곤 원영이 머리를 끄덕이자 유리에게 다가갔다.

"저, 유리님. 유리님을 보고 싶어 하는 애들이 있는데 만나주실 수 있으세요?"

"저를요? 왜요?"

유리라는 아이가 아나의 말에 놀라 바라보았다.

"팬이래요. 케이팝 좋아하는 애들인데 유리님을 안대요. 스테이지에서 봤는데 미나님과 일행이라 말을 못 걸고 있었다고. 괜찮으시면 같이 사진 찍어주실 수 있냐고요.”
 "네, 좋아요."
 유리라는 아이가 생긋 웃으며 일어났다. 자신의 팬이 보고 싶어 한다는 말에 기분이 좋은 듯했다.
 "와, 여기에 유리 팬이 있었네."
 "유리, 최고."
 유리라는 아이는 친구들의 칭찬을 받으며 아나와 같이 방을 나섰다. 몇 명의 여자애들이 밖에서 기다리다 유리라는 아이를 보고 환호했다. 지구 반대편 다른 나라의 가수를 보고 좋아하는 모습이 신기했다. 우리 때와는 모든 게 판이했다. 우리 때와? 또 혼자만 나이 든 것 같았다.
 "루시안이 가서 그러네. 우리 다시 내려갈까?"
 "그래."
 "갔다 와. 난 여기 있을래."
 여자아이가 소파에 몸을 기대며 말했다.
 "혜수도 같이 가자."
 "아까 같이 갔었잖아. 이번은 쉴래."
 "그래. 그럼 우리끼리 가자."
 여자아이의 친구들이 우르르 밖으로 나갔다. 기한도 혜원이라는 아이를 따라 내려갔다. 여자아이는 룸의 난간 너머로 친구들의 모습을 보고 있다. 조명의 불빛을 받아 화려

하면서도 쓸쓸해 보이는 모습이었다. 대학 초반에는 어색했던 화장이 이제는 자연스러워졌고, 잘 어울렸다. 그래서 외모도 고등학생 때와는 확연하게 달라졌다. 내가 처음에 본 철없는 여자아이라고는 생각할 수 없는 모습이었다.
"왜, 친구들과 같이 가지?"
"그냥요."
여자아이는 난간 너머로 스테이지를 바라보며 고개를 저었다. 알록달록 화려한 조명이 여자아이의 얼굴을 물들이고 있다. 네크로맨서 사건 후 여자아이는 한동안 힘들어했다. 네크로맨서에게 조종당했다고는 해도 사귄 선배를 좋아했던 듯했다. 친구들 앞에서는 아무렇지 않은 듯 행동했지만 혼자 있을 때는 울적해하는 시간이 많았다. 그럴 때면 나는 조용히 자리를 비켜주었다. 그런 여자아이를 보면서도 어떻게 해줄 수 없다는 것이 답답했다. 여자아이는 시간이 가면서 나아졌지만, 지금처럼 혼자 울적해하는 때가 있었다. 문득 테이블에 놓인 여자아이의 손에 내 손을 얹어보았다. 두 손이 겹쳐도 아무런 감촉이 느껴지지 않았다. 혼령과 사람의 차이였다. 여자아이가 힘들어할 때 다독여주고 싶지만 저승사자인 나는 살아 있는 사람에게 닿을 수 없었다. 그래서 여자아이가 힘들어할 때면 아무것도 해줄 수 없는 스스로가 답답했다. 여자아이의 친구들은 다른 사람을 사귀어보라고 권했다. 그런데 여자아이는 관심이 없었다. 여자아이는 이제 어린 티를 완전히 벗어버리고, 지나가는 사람들의 시선을 끌 정도가 되었다. 이곳에서도 여자아이를 보고 남자들이 웃으며 손을 흔들었다. 여자아이는 별 관심이 없었다. 그런 여자아이의 모습에 내 감정이 복잡했다. 그때 달콤한 향기가 방 안으로 밀려들었다.

"어머, 언니."

원영의 반가워하는 소리에 돌아보니 화정 차사였다.

"오랜만이야. 원영. 해수씨도. 혜수도 있네."

환하게 웃으며 화정 차사가 들어섰다.

"안녕하셨어요?"

여자아이가 인사했다.

"응, 응. 혜수도 잘 있었어?"

화정 차사가 손을 흔들었다.

"어쩐 일이야?"

내가 퉁명스럽게 물었다.

"아, 민정이에게 얘기 들었거든. 차사들 다른 나라 자유롭게 방문해도 된다고. 그래서 오랜만에 원영이도 볼 겸 해서."

화정 차사가 나른한 목소리로 말했다. 코로 스며드는 달콤한 향기에 재빨리 호흡을 멈추고 정신을 가다듬었다.

"문규는?"

"혼령 사무실에 인도하고 금방 온대. 아, 저기 온다."

화정 차사가 손을 흔드는데 언제나처럼 문규가 싱글거리며 들어왔다. 귀신도 제 말하면 온다더니, 저승사자도 제 말하면 왔다. 요새는 아예 실과 바늘처럼 붙어 다녔다. 문규는 일도 끝나고 화정이도 만나서 싱글벙글한 얼굴이었다.

"왔어?"

"안녕."

문규는 방을 둘러보더니 내 옆으로 와서 앉았다.

"뭐냐? 왜 안 하던 짓을 해. 저쪽으로 가."

옆에 앉은 문규에게 질색하며 말했다.

"그렇지. 히히."

문규는 내 말에 재빨리 화정 차사 옆으로 옮겨 앉았다. 화정과 문규의 등장으로 애매했던 분위기가 달라졌다. 여자아이도 문규의 등장에 웃는 얼굴이 되었다. 해결할 수 없는 일에 고민하고 있었는데 일단 한시름 놓아도 될 것 같은 기분이 들었다.

모두 잠이 든 밤 성 밖으로 나왔다. 문규와 화정이와 같이 있을 때는 잠시 잊고 있었는데, 혼자 있으려니 클럽에서 느낀 싱숭생숭한 감정이 밀려왔다. 기분 전환을 하려고 성 밖 주변을 둘러보기 시작했다. 오늘은 전보다 더 멀리 떨어진 곳으로 날아갔다. 여기저기 다양한 동물들의 기척이 느껴졌다. 우거진 숲 뒤에 커다란 바위가 있었다. 그 바위 옆으로 회색 그림자가 어른거렸다. 가까이 다가가 보니 커다란 늑대 한 마리가 바위에 앉아 있었다. 늑대는 달빛을 받으며 잠이 든 듯 꼼짝도 하지 않았다. 수북한 회색의 털이 달빛을 받아 은색으로 빛났다. 어디서 본 것 같은 느낌이 드는 늑대의 모습이었다. 며칠 주변을 돌아다니며 늑대들을 본 적이 있었다. 몇 마리의 늑대들이 바람을 맞으며 숲을 어슬렁거렸다. 아마 그때 봤던 늑대인 모양이었다. 무리에서 떨어진 늑대인지 주위에 다른 늑대의 기척은 없었다. 성에서 거리도 제법 떨어진 곳이라 위협이 될 것 같지는 않았다. 늑대는 여전히 잠에 빠진 듯 움직임이 없었다. 바위에서 떠올라 허공을 날아갔다. 삐죽삐죽 솟은 침엽수들의 머리 위로 달빛이 일렁이고 있다. 세계는 잠에 빠진 듯 싶고, 숲도 나무도 모두 잠이 들었다. 검은 숲 사이로 달만 덩그러니 떠 있다. 희디흰 정적 속을 홀로 날아갔다.

 멀리 한 바퀴를 돌아보니 기분이 풀렸다. 여자아이와 나는 서로 다른 세계에 속한 존재들이었다. 영원을 사는 저승사자인 나와 달리 여자아이는 시간을 사는 인간이다. 언젠가 여자아이도 죽으면 저승으로 오겠지만, 그때 여자아이가 나와 같이 영원을 사는 것을 선택할 것인지 아니면 환생을 선택할 것인지 알 수 없었다. 여자아이와 만난 것은 2년 남짓이고, 내가 살아온 세월은 700년이 넘었다. 여자아이와의 인연도 어차피 지나가는 일이었다. 편하게 생각하기로 했다. 그렇게 마음먹으니 홀가분한 기분이 들었다. 나갈 때와 다른 홀가분한 기분으로 성에 돌아왔다. 성벽 위에 잠시 서서 바람을 맞다가 다시 주변을 둘러보았다. 며칠 계속 주위를 돌아봐서인지 주변 영들이 보이지 않았다. 동물들만 간간이 눈에 띄었다. 탑의 망루 뒤편에서 아기동자와 지현이 화들짝 놀라 떨어졌다. 둘은 유리라는 아이가 도착한 날 입었던 중세 시대의 의상을 입고 있다. 지금도 아기동자는 중세 아이 복장에 지박령인 지현은 드레스 차림이었다. 외진 곳에 세워진 높은 탑의 지붕 위에서 둘이 뭐 하다 놀랐는지 정적이 흘렀다. 아기동자는 먼 산을 보며 뒤통수를 긁고 있고, 지현은 볼을 붉힌 채 고개를 숙이고 있다. 일부러 못 본 척하고 지나갔다. 아기동자와 지현이 부러 한적한 곳을 찾은 듯해 방해하지 않으려고 성으로 들어갔다. 해가 뜨려면 아직 시간이 많이 남아 있었다. 그래서 성안을 한번 둘러보기로 했다. 아나가 안내해서 돌아보긴 했지만 주요 시설만 돌아봤다. 그때 보지 못한 곳들이 조금 궁금했다.

주요 건물의 1층은 대부분 홀과 홀에 딸린 부대시설들이었다. 홀들은 접견실과 알현실 외에는 거의 사용하지 않는 모습이었다. 상당수는 먼지가 쌓이지 않게 가구들을 천으로 덮어두었다. 2층은 집무실과 침실들이었다. 집무실도 사분의 삼은 사용하지 않는 모습이었다. 홀처럼 내부의 가구가 천으로 덮어져 있다. 3층 이상은 침실들이었다. 1, 2층과 달리 빈방의 가구들을 몇 개의 방에 모아 관리하고 있었다.

5층을 올라가는데 누군가 지켜보는 듯한 시선이 느껴졌다. 시선은 멀리 떨어진 복도 끝에서 감지되었다. 시선이 느껴진 곳으로 빠르게 날아갔다. 어둠 속에 어렴풋한 그림자가 보였다. 순간 지켜보던 시선이 홀연히 사라졌다. 그림자로 가까이 다가가 보니 채원이라는, 여자아이의 친구였다. 아이는 잠이 든 것처럼 눈을 감은 채 복도의 가운데 서 있었다. 주변을 둘러봤지만 다른 시선이나 기척은 느껴지지 않았다. 혹시나 싶어 주위의 방들을 둘러봤지만 아무것도 없었다. 방에서 나오자 채원이라는 아이는 창문 앞에 눈을 감은 채 그대로 서 있었다. 좀 전의 시선은 분명 채원이라는 아이에게서 느낀 것이었다. 하지만 지금은 아무것도 느껴지지 않았다. 채원이라는 아이를 찬찬히 살펴보았다. 흐릿한 달빛에 귀에 건 귀걸이가 반짝 빛을 발했다. 여자아이에게 자랑하던 귀걸이였다. 아이에게 다가가서 귀걸이를 살펴보았다. 귀걸이에서 희미한 기척이 느껴졌다. 하지만 기척은 순식간에 사라져 버렸다. 한참을 기다려봐도 더 이상 아무런 기척도 느껴지지 않았다. 무슨 일인지 알아봐야 겠다는 생각이 들었다. 하지만 채원이라는 아이를 이대로 두고 갈 수는 없었다. 폰을 꺼내 아기동자를 불렀다.
"넵. 차사님."
"여기 좀 와봐야겠다."
"넵."
아기동자는 대답하고 얼마 지나지 않아 지현과 같이 나타났다.
"잉? 애가 왜 여기 있어요?"
아기동자가 채원이라는 아이를 보고 소리쳤다.
"나도 그게 수상해서. 잠깐 여기서 지켜보고 있어. 원영이 불러와야겠다."
"네."
아기동자가 채원이라는 아이를 보며 고개를 갸웃갸웃했다. 영인 내가 채원이라는 아이를 옮길 수는 없었다. 이럴 때는 원영의 도움이 필요했다. 그리고 원영은 뱀파이어라 수면이 필요 없다. 또한 밤에 활동하는 뱀파이어의 특성상 자더라도 낮에 잤다. 지금 원영에게 가도 민폐는 아닐 것이다. 어둠이 깃든 복도를 달렸다. 얼른 채원이라는 아이를 원영에게 넘기고 어떻게 된 일인지 알아봐야겠다는 생각에 마음이 조급했다. 멀리서 늑대 울음소리가 들렸다.

6월 17일

혜누

"너 몽유병 있다며? 키키키."

혜원이 아침 식사 자리에서 채원을 놀렸다.

"몰라."

채원이 짜증을 냈다.

"어제는 5층, 오늘은 지하면, 내일은 성 밖으로 나갈 거야?"

채원이 계속해서 놀리는 혜원을 째려보았다.

"너 자꾸 그러면 오늘 밤에는 네 방으로 간다."

"얼마든지."

혜원은 얼마든지 오라고 손짓을 해 보였다. 하긴 혜원은 한밤중에 귀신이 찾아간다고 해도 놀라지 않을 성격이었다. 귀신이 찾아가면 오히려 좋아할 애였다.

"몽유병으로 돌아다니니까 어때? 어떤 기분이야?"

"아, 몰라. 안 그래도 밤에 돌아다니는 것 때문에 피곤해

죽겠는데."

 채원은 다크서클이 낀 눈으로 히죽거리는 혜원을 죽일 듯이 노려보았다. 채원은 몽유병으로 돌아다니느라 매일 다른 곳에서 발견되었다. 어제는 차사님이 5층 복도에서 찾아 원영에게 넘겨주었다. 그리고 오늘 새벽에는 지하를 헤매다 와인 창고에 다녀오던 집사에게 발견되었다. 어제 발견된 5층 복도나 오늘 목격된 지하는 채원의 침실에서는 제법 떨어진 곳이었다. 자면서라지만 그 거리를 걸어갔으니 피곤할 만도 했다. 그것 때문인지 채원은 피곤해하며 짜증 내는 일이 잦았다. 그에 반해 혜원은 신이 난 모습이었다. 엊그제 사격장에서 흥분 최대치를 갱신한 혜원은 아직도 들뜬 상태였다. 다른 때 같으면 놀리더라도 채원이 짜증 내면 관두곤 했는데 지금은 채원이 짜증을 내도 계속해서 놀려댔다.

 혜원이 업되기 시작한 건 이틀 전 성안을 돌아보면서 무기고에 갔을 때부터였다. 실제 전쟁에서 사용한 무기들을 직접 만져본 데다 연습에 사용할 칼도 얻었다. 거기다 사격장에서 진짜 총으로 사격하는 재미에 푹 빠져버렸다. 처음에는 엉성한 포즈에 표적을 맞히지도 못하더니, 나중에는 제법 자세도 잡히고 표적도 곧잘 맞혔다. 물론 정확도는 아나보다 훨씬 떨어졌다. 하지만 그런 점이 오히려 혜원의 승

부욕을 부채질했다. 사격장에서 이미 업된 혜원은 고문실에 들어서자마자 좋아서 어쩔 줄 몰랐다. 아나의 설명을 들으며 아이언 메이든을 비롯해 고문 기구들에 직접 들어가 시험해 보며 좋아서 정신을 못 차렸다. 좋아서 난리가 난 혜원과 달리 나는 고문실의 규모에 놀라고 말았다. 동아리방 정도를 생각했는데 이건 뭐 강의실을 넘어 학교의 소강당보다 조금 작은 크기였다. 지방 영주의 성에 이 정도 규모의 고문실이 필요했다는 사실이 더 경악스러웠다. 그날 이후 혜원은 시간만 나면 고문실과 사격장에 붙어살았다. 건너편에서 투닥거리는 혜원과 채원을 보았다. 혼자 업된 혜원이 때문에 채원이 폭발할까 봐 조마조마했다.

"그러는 넌, 어제 고문실에서 잔 거 아냐?"

채원이 혜원을 쏘아보며 말했다. 그냥 던져본 말에 혜원이 찔끔했다. 어제저녁에 입던 옷을 입고 있고, 아침에 샤워도 안 하고 왔길래 해본 말이었는데 정답이었던 모양이었다.

"뭐야, 너 고문실 가서 노는 것만 아니라 자기까지 한 거야?"

채원이 이제는 의기양양한 표정으로 혜원을 몰아세우기 시작했다.

"아니, 그냥 잠깐 누워 있기만 하려고 했는데 생각보다

편해서. 깨보니까 아침이라….”
 혜원이 눈을 피했다. 고문대 위가 편하다고 자는 것은 혜원이 밖에 없을 듯했다.
 “너 어제 저녁 먹고 사격장 갔다 바로 고문실 간 거지. 화약 냄새에 퀴퀴한 곰팡이 냄새까지 하여간.”
 채원이 얼굴을 찡그리며 손으로 코를 싸쥐었다. 민주도 채원의 행동을 보더니 금세 코를 막았다. 혜원은 정말 냄새가 나는지 몸에 코를 대고 쿵쿵거렸다. 그리곤 시무룩한 표정으로 자리에서 일어났다.
 “샤워하고 올게.”
 “빨리 좀 가. 어휴, 냄새.”
 채원의 재촉에 혜원이 식당을 벗어났다.
 “어머, 혜원 아가씨 벌써 식사 끝나셨나 봐요?”
 아줌마가 식당으로 들어서며 혜원의 빈자리를 보며 놀라 물었다. 항상 마지막까지 열심히 먹던 혜원이 자리에 없으니 놀란 듯했다. 지금까지 없던 일이긴 했다.
 “잠깐 씻으러 갔어요. 금방 올 거예요.”
 “그래요. 아가씨도 참. 미리 씻고 오시지.”
 아줌마가 웃으며 주방으로 들어갔다. 민주는 아직도 코를 쿵쿵거리고 있다. 그런 민주를 채원이 획 쳐다보았다.
 “너 뭐 해?”

"냄새. 화약 냄새랑 곰팡이 냄새 아직도 나는 거 같아서."
"냄새는 무슨, 아무 냄새도 안 나는데."
채원이 새침한 표정으로 핀잔을 주었다.
"아니 네가 방금 혜원이에게서 냄새난다며?"
민주가 발끈했다.
"나긴 뭐가 나. 혜원이 걔는 여름에 땀도 안 흘리는 앤데."
채원이 얄미운 표정으로 된장국을 떠먹었다.
"뭐야. 너 방금 냄새난다고 했잖아."
"그건 혜원이 코가 개코니까 뭐라고 하면 지가 알아서 찔려 할 줄 알고 한 거지. 냄새도 안 나는데 킁킁대지 마. 정신없어."
채원이 샐쭉한 표정으로 민주를 쳐다보았다. 나와 눈이 마주치자 아무 일도 없었다는 듯 계란말이를 오물오물 먹었다. 나는 마시던 물잔을 식탁에 내려놓으며 머리를 설레설레 저었다. 저럴 때 보면 정말 무서운 건 채원이라는 생각이 들었다. 어쨌거나 혜원이가 밤에 잠까지 잘 정도로 고문실에 푹 빠진 것은 확실한 사실이었다. 이대로 가면 돌아가는 비행기에 아이언 메이든이 실리는 건 기정사실이었다. 어떡해야 하나? 턱을 괴고 고민에 빠졌다. 동아리방에 아이언 메이든이 자리 잡지 못하게 하기 위해서는 미리 방법을 생각해 둬야 한다. 지금으로서는 돌아가는 날 아침밥에 약을 타서 혜원이를 재워 끌고 가는 것이 가장 효과적일 듯했다. 연습에 사용할 진검을 얻고 좋아하는 모습에 먼저 생각해 둔 기절시켜 끌고 가는 것은 이제 현실성이 떨어졌다. 식당 입구로 원영이 나타났다.

"언니들 오늘 뭐 할 거예요?"

우리를 돌아보며 원영이 물었다.

"글쎄. 브라쇼브도 나가봤고, 성도 둘러봤고. 오늘 뭐 하지?"

채원이 민주를 시큰둥하게 쳐다보았다.

"글쎄?"

민주가 다시 나를 돌아보았다. 채원이나 민주도 별다른 아이디어가 없는 모습이었다. 그 모습에 원영이가 방긋 웃었다.

"별다른 계획 없으시면 부크레슈티 나가보실래요? 면세점도 가고요."

"가자. 면세점."

채원이가 벌떡 일어서며 소리쳤다. 면세점이라는 말에 바로 반응했다. 별다른 일이 없으니 큰 도시에 나가 면세점 쇼핑하는 것도 괜찮을 듯했다. 그런데 거리가 문제였다.

"가는 데 시간 많이 걸린다며, 부크레슈티. 그때 여섯 시간인가 걸린다고 했던 거 같은데."

"그렇게 멀어? 그럼 지금 출발해도 가면 4시겠네? 너무 멀다."

채원이 좋다만 표정으로 샐쭉해졌다.

"두 시간 있다가 돌아와도 밤 12시야."

내 말에 친구들이 고개를 저었다.

"차로 가면 여섯 시간 걸리죠. 하지만 비행기로는 한 시간 정도면 갈 수 있어요."

원영이 생긋 웃으며 대답했다.

"비행기?"

채원이 원영의 말에 반색했다.

"국내용으로 사용하는 전세기가 있는데 오늘 스케줄이 없더라고요. 국내용이라 언니들 올 때 탄 비행기보다 좀 작고 시끄러운데 괜찮으면 스케줄 비워두라고 할게요."

원영이 우리를 돌아보며 미소를 지었다.

"많이 작아?"

민주가 불안한 표정으로 되물었다.

"그래도 최대 20명이 타는 비행기라 그렇게 작지는 않을 거예요. 대신 프로펠러 방식이라 조금 더 시끄럽다고 해요."

원영이 설명했다.

"아, 아주 작은 건 아니구나."

민주가 가슴을 쓸어내리며 말했다. 작다는 말에 아주 작은 비행기를 생각한 모양이었다. 20명이 탈 수 있는 비행기라는 말에 안도하는 표정이었다. 이곳에 올 때도 생각보다 작은 비행기 크기에 민주와 채원은 불안해했다. 그런데 타자마자 화려한 내부에 금세 좋아했다.

"소음도 한 시간 정도 가는 거니까 그렇게 불편하진 않을 거예요."

원영이 미소를 지었다.

"가자. 난 가는 데 찬성."

면세점에 꽂힌 채원이 제일 먼저 나섰다.

"나도. 나도 좋아."

민주가 동의했다. 그러면서 유리를 보았다.

"유리도 쇼핑 갈래?"

"응. 나도 좋아."

유리가 웃으며 말했다.

"나코는 어때?"

내가 건너편의 나코를 보며 물었다.

"난 좋아."

나코가 고개를 끄덕이자 사쿠라씨도 같이 고개를 끄덕거렸다. 그걸 보며 나도 고개를 주억거렸다.

"나도 좋아. 근데 혜원이는 어떡하지?"

"걔는 뭐가 좋다고 맨날 이상한 데만 박혀 있으려고 하는지. 내가 알아서 끌고 갈게."

요 며칠 혜원이를 다루는 데 자신이 붙은 채원이가 말했다.

"그래. 그럼 부탁할게, 원영아."

"알겠어요. 언니."

원영은 웃으며 대답하고는 폰을 집어 들었다. 식탁 끄트머리에 있는 해수 차사를 보았다.

"차사님은 어떡하실래요?"

"글쎄. 처음 가는 곳이니 같이 가야 하나?"

차사님이 고개를 갸웃하며 물었다. 고민하는 표정이었다. 도시에 쇼핑 가는 거라 차사님 취향은 아닌 듯했다. 게다가 면세점을 노리는 친구들이라 중간에 커피 한잔하기도 어려울 것 같았다.

"차사님 편하게 하세요. 나코 언니가 가고, 저도 저녁에 같이 합류할 거예요."

원영이 말했다.

"그럴까."

차사님이 돌아보며 말했다.

"혜수 어디 가? 안녕하세요. 선배님."

대화 중에 갑자기 소리가 들렸다. 슬쩍 돌아보니 민정 차사였다.

"아, 차사님. 저희 오늘 부크레슈티로 쇼핑하러 가기로 해서요."

"그래? 나도 부크레슈티는 안 가봤는데 잘 됐다. 나 오늘 일 끝났는데 나도 같이 가."

민정 차사가 신나서 말했다.

"민정 차사가 같이 가면 나는 안 가도 되겠네. 난 개인 일 봐야겠다."

해수 차사가 말했다.

"그러세요. 선배님. 오늘은 제가 혜수랑 같이 다닐게요."

민정 차사는 옆의 빈자리로 다가와 앉았다. 나코와 원영, 사쿠라씨에게 인사하지 않아도 된다는 듯 민정 차사는 손을 들어 보였다. 혼령을 보지 못하는 친구들이 있어 배려하는 눈치였다.

"난 나갈 준비해야겠다."

채원이 기지개를 켜며 일어섰다. 그리곤 두 손으로 눈을 꾹꾹 눌렀다. 요 며칠 잠을 못 잔 탓인지 많이 피곤해 보였다. 그래도 면세점 쇼핑은 빠질 수 없다는 결의가 비쳤다. 민주와 유리도 채원을 따라 일어섰다. 애들이 하나둘 식당을 빠져나갔다. 샤워하러 간 혜원은 아직이었다. 괜히 남아 있다 혜원에게 귀찮은 일을 당할 수 있어 나도 일어섰다. 2

층으로 올라가는 계단 앞에서 아기동자와 마주쳤다. 아기동자가 배시시 웃으며 다가왔다.
"큰 도시 간다며?"
"응."
"우리도 갈게."
아기동자의 말에 지현이 옆에서 수줍게 웃었다.
"지현이랑 준비해서 나올게."
아기동자가 손을 번쩍 들며 걸음을 재촉했다. 그리곤 지현과 나란히 계단을 올라갔다. 아기동자는 이제 어디를 가면 같이 가는 것이 당연하다는 듯 얘기했다. 그리고 언제부턴가 기저귀 대신 중세 귀족 아이 모습을 하고 다녔다.

비행기를 타고 갔다 왔는데도 도착하니 한밤중이었다. 성을 둘러볼 때는 한두 시간 만에 피곤하다던 채원이었다. 그런데 면세점에서 먼저 지쳐 힘들어한 것은 혜원이었다. 다른 때 같으면 친구들과 함께 어울렸겠지만 가장 좋아하는 고문실과 사격장 생각에 쇼핑은 안중에도 없었다. 그러면서 심심한지 주방 기구 파는 곳에서 칼만 만지작거렸다. 혜원이는 평소 부모님이 학술회의를 비롯해 해외여행을 자주 가시는 탓에 선물은 필요 없다며 사냥용 나이프 하나만 샀다. 아나에게 물어보니 나이프는 기념품으로 세관 통관이 가능할 거라고 했다. 혜원은 사냥용 칼이 마음에 드는지 돌아오는 비행기 안에서 히죽거렸다. 반면 채원과 민주는 양손 가득 쇼핑백을 들고 있었다. 우리 중 체력이 가장 약한 애들이 채원과 민주인데 쇼핑에서는 반대였다. 둘은 몇 시간을 돌아다녀도 피곤한 줄도 몰랐다. 양손 가득 쇼핑백을 잔뜩 들고 있는데도 마음에 드는 것을 보면 당장 달려갔다. 그나마 면세점에 사람이 많지 않아서 다행이었다. 벌써 쇼핑에 시들한 나와 혜원은 싫증도 나고 다리도 아픈데 채원과 민주는 눈이 반짝반짝했다. 돌아오는 비행기 안에서도 채원과 민주는 쇼핑한 물건들을 연신 꺼내 보면서 수다를 떨었다. 유리도 같이 어울려서 좋아했다. 유리는 채원이나 민주처럼 물건을 많이 사지는 않았다. 원래 유리는 옷이나 물건 욕심이 없었다. 지금도 무대에 설 때 빼고는 티셔츠나 청바지를 좋아하고, 화장도 기본만 했다.

채원과 민주처럼 쇼핑에 신나 하는 영이 또 있었다. 바로 아기동자와 지현이었다. 지현은 휘둥그레진 눈으로 이것저것 구경하느라 정신이 없었다. 물론 영이라 물건을 살 수는 없었지만 구경하는 것만으로도 너무 좋아했다. 지현이 좋아하는 모습에 아기동자는 의기양양한 얼굴로 면세점을 휘젓고 다녔다.

나는 할머니와 부모님 선물만 몇 개 샀다. 브라쇼브에서 친구들 주려고 목걸이를 산 이후 보석에 관심이 생겼지만, 면세점이나 쇼핑센터의 보석들은 너무 비쌌다. 면세점의 통로 끄트머리에 은으로 만들어진 목걸이와 귀걸이가 보여서 다가가서 구경했다. 살짝 판매원이 안 보는 틈에 영기를 불어넣어 보았다. 영기를 흡수하기는 했다. 돌아가면 아나에게 부탁해 다양한 보석과 룬을 테스트해 봐야겠다고 생각했다.

성에 도착하자 집사와 메이드들이 우리 일행의 짐을 받아 방으로 옮겼다. 나와 친구들은 거실로 갔다. 거실 테이블에는 다양한 간식들이 준비되어 있었다.

"어머, 안 그래도 단 거 땡겼는데, 잘 됐다."

채원이 테이블로 달려가 찹쌀떡을 집어 들었다. 친구들도 하나둘 테이블 주위에 둘러앉았다. 그리곤 간식을 먹기 시작했다. 나도 손을 뻗어 쿠키를 하나 집어 먹었다. 진한 버터 향이 입에 가득 퍼졌다. 커피 생각에 음료들이 있는 곳을 살펴보는데 커피는 보이지 않았다.

"뭐 찾으시는 거 있으세요?"

아줌마가 나를 보며 물었다.

"커피요. 커피는 없어요?"

"늦은 시간이라 커피는 준비 안 했는데. 바로 내려 올게요."

아줌마가 주방으로 향하며 말했다.

"넌 잘 때 다됐는데 커피를 마셔?"

채원이 입안 가득 찹쌀떡을 물고 물었다. 쇼핑할 때는 안 보이던 다크서클이 다시 눈 주위로 가득했다.

"난 별로 상관없어."

차사님 때문에 자주 마시다 보니 커피를 마셔도 자는 데 별 지장이 없었다. 오히려 안 마시면 이상했다. 잠시 뒤 아줌마가 커피가 담긴 유리 주전자를 들고 돌아왔다. 잔에 얼음을 넣고 한 잔 가득 따랐다. 한 모금 마시니 피로가 가셨다. 버터 향이 강한 쿠키와 진한 커피가 잘 어울렸다. 진한 커피에 차사님 생각이 났다. 아침에 나간 뒤로 하루 종일 보이지가 않았다. 예전에는 며칠씩 보지 않은 경우도 허다했다. 하지만 요 근래 하루 종일 차사님과 같이 다녀서 그런지 안 계시니까 뭔가 허전했다. 특히 커피를 마실 때라 그런지 더욱 허전한 마음이 들었다.

6월 18일

해수

간만에 저승과 예전에 다녔던 이승을 돌아보고 왔다. 이곳에 오니 시간이 새벽 4시가 넘었다. 저쪽에서 출발할 때는 한낮이었는데 여기는 아직 해도 뜨지 않은 캄캄한 새벽이었다. 어제 여자아이와 헤어지고 저쪽으로 갔을 때 시간이 달라서 놀랐었다. 여자아이와 아침에 헤어졌는데 저승은 저녁이었다. 처음에는 누가 장난치는 줄 알았다. 지나가는 차사에게 물어보니 지금은 저녁이 맞다고 했다. 이승에서 저승으로 오는데 한나절이 지나가 버린 것에 당황했다. 그사이 무슨 일이 없는지 민정 차사에게 연락했다. 별일 없냐는 말에 민정 차사는 왜 그러냐고 되물었다. 저승에 왔더니 저녁이라 그사이 무슨 일이 없었는지 걱정되어 연락했다는 말에 민정 차사가 웃으며 대답했다. 말인즉슨 여자아이들이 있는 곳은 아직 아침이었다. 그리고 내가 있는 저승과 이승은 저녁이라고 알려주었다. 같은 세상인데 시간이 다르다고 했다. 처음에는 민정 차사의 말이 농담인 줄 알았다. 그런데 아니었다. 민정 차사는 확인시켜 준다며 사진을 찍어 보내주었다. 그 사진에 분명 그곳은 아침이었다. 양쪽의 시간이 일곱 시간 차이가 나서 그쪽 아침이 여기서는 저녁이었다. 시간이 달라 돌아갈 시간을 맞추기가 애매했다. 민정 차사는 일 때문에 먼저 와야 할 수도 있어서 아기동자에게 연락했다. 아기동자는 여자아이들이 성으로 돌아오면 연락을 주기로 했다. 아기동자에게 연락이 온 것은 다음 날 아침이었다. 다들 씻고 잔다고 해서 천천히 돌아왔더니 이 시간이었다. 저쪽은 한낮인데 이곳은 새벽이었다. 같은 이승인데 거리가 멀리 떨어졌다고 이렇게 시간이 다르다는 것이 신기했다.

어두컴컴한 숲을 지나가는데 나뭇가지 위에 앉아 있던 부엉이가 울었다. 멀리 성이 보였다. 가까이 다가가 보니 뭔가 이상했다. 성문이 열려 있었다. 나는 재빨리 성안으로 들어갔다. 성문은 열려 있지만 성안을 돌아다니는 사람은 없었다. 어둠 속을 날아가며 주위를 살펴보았다. 그때 뭔가 이상한 기척을 느꼈다. 그곳을 주시하니 건물 옆 그림자에서 움직임이 느껴졌다. 그림자는 기척을 지우고 조용히 움직이고 있었다. 일단 기척을 느끼자 비슷한 그림자와 움직임들이 포착되었다. 기척을 지우고 움직이는 그림자는 열명도 넘어 보였다. 그림자들은 원영과 아이들이 있는 건물을 향해 은밀히 움직이고 있었다. 그림자와 거리를 띄우고 나서 폰을 꺼냈다.

"개똥이냐. 지금 누가 성안으로 침입하고 있다. 원영이에게 알려라. 난 애들 괜찮나 가볼 테니."

"넵."

아기동자의 목소리가 급히 사라졌다. 주변을 살펴보니 사신의 기척은 없었다. 이곳 사신들은 혼령을 직접 인도하지는 않지만, 망자 주변에 있기는 했다. 지금 곁에 없는 걸 보니 오늘 일로 누군가 죽거나 하지는 않는 듯했다. 하지만 성안에는 사신이 관여하지 않는 존재들도 있기는 했다. 나는 잠깐 개입해야 하나 말아야 하나 망설였지만 누군가 죽지 않는다면 개입하더라도 천기에 영향을 주지는 않을 것 같았다. 성으로 들어가자마자 여자아이의 방으로 빠르게 다가갔다. 여자아이는 곤히 잠들어 있었다.

"강혜수! 일어나! 급한 일이야!"

여자아이를 깨우려고 크게 소리쳤다. 하지만 잠든 아이는 깨어날 기미가 없었다. 어떡할까 잠시 생각하다 나코의 방으로 갔다. 다행히 구미호는 자지 않고 달빛을 받으며 수련하고 있는 중이었다.

"날 좀 도와줘야겠다. 급한 일이 생겼다."

내 말에 구미호는 곧 수련에서 깨어났다.

"무슨 일이시죠?"

갑작스러운 나의 등장에 나코가 의아해하며 물었다.

"누군가 성으로 침입한 것 같다. 혜수를 깨우려는데 일어나질 않아서. 도와줬으면 한다."

내 말에 구미호는 재빨리 밖으로 뛰어나갔다.

"마이짱. 습격이다."

나코는 옆방의 무녀를 깨우고는 곧바로 여자아이의 방으로 뛰어들었다. 그리곤 한달음에 여자아이를 깨웠다.

"어, 나코. 무슨 일? 어, 차사님."

여자아이가 어리둥절한 얼굴로 일어나 앉았다. 나코는 여자아이를 깨우자마자 순식간에 방 밖으로 달려 나갔다.

"습격이다. 난 다른 애들 피신시킬게."

그때 밖에서 시끄러운 소리가 들리고 건물의 불이 켜졌다. 여자아이가 잠옷 차림으로 복도로 뛰쳐나갔다. 뒤따라 나가니 구미호가 계단에서 올라오는 남자들과 싸우고 있었다. 그사이 여자아이와 무녀는 잠든 아이들을 다른 방으로 옮기고 있었다. 그때 옆 방문이 열리며 혜원이라는 아이가 뛰어나왔다. 양손에 쇠로 된 장갑을 끼고 있었다. 그 뒤를 따라 나오던 기한은 복도의 싸움을 보더니 기겁하며 도망쳤다. 구미호는 네 명의 남자들을 상대로 싸우는 중이었다. 아이들을 보호하기 위해서인지 남자들을 막기만 했다. 잠든 아이들을 옮긴 후 여자아이와 무녀가 복도로 나왔다. 무녀는 복잡한 손동작을 하더니 결계를 쳤다. 그제야 구미호가 결계 안으로 들어와 숨을 돌렸다. 구미호를 쫓던 남자들은 자신들을 막는 결계에 놀란 듯했다.

"혜수, 혜원. 혹시 모르니까 내 뒤에서 경계를 해줘. 마이짱은 계속해서 결계 부탁해."

구미호의 말에 여자아이와 친구가 한 발 앞으로 나섰다. 숨을 돌린 구미호가 반격을 개시했다. 남자가 한방에 나가떨어졌다. 구미호는 급히 결계로 돌아갔다. 그리곤 다시 튀어나와 다른 남자를 공격했다. 연이은 공격에 남자들은 속수무책이었다. 체격상으로는 남자들이 훨씬 크지만 600년 가까이 수련을 쌓은 구미호의 공격을 당해낼 재간이 없었다. 거기에다 구미호는 결계로 피신까지 가능했다. 남자들은 결계 밖에서 언제 공격당할지 몰라 불안한 모습이었다. 이윽고 구미호의 공격에 남자들이 주춤주춤 뒤로 후퇴하기 시작했다. 구미호와 여자아이는 후퇴하는 남자들을 따라 계단까지 나아갔다. 계단 아래 홀에서는 원영이 남자들과 싸우고 있었다. 다수의 부상을 입은 남자들이 뒤로 물러나 있고, 두목으로 보이는 남자가 원영을 상대하고 있었다. 싸우는 둘을 중심으로 양쪽에 남자들과 패밀리어가 대치 중이었다. 원영은 남자에게 날카로운 공격을 퍼부었다. 원영의 칼이 남자에게 수십 개의 상처를 만들었다. 하지만 상처들은 빠르게 아물어 남자에게 피해를 주지 못했다. 2층을 공격했던 남자들이 계단을 내려가 부상당한 남자들 무리에 합류했다. 그들을 보고 두목인 남자가 뒤로 한 발 물러섰다. 원영도 계단참에서 내려선 나코와 일행을 보고는 한 발 뒤로 물러났다.

"채원아!"

여자아이의 외침에 돌아보니 남자들 중 한 명이 정신을 잃은 여자를 둘러메고 있었다. 축 늘어져 있지만 익숙한 뒷모습이었다. 몽유병이 있는지 요즘 새벽에 돌아다니는 여자아이의 친구였다. 아마도 원영은 인질과 다른 일행들의 안전 때문에 지금 전력을 못 하고 있는 것 같았다.

"냄새나는 늑대 주제에 생명력 하나는 끈질기네."

원영이 남자를 싸늘하게 쏘아보며 말했다.

"끈질긴 거로는 뱀파이어도 떨어지지 않던데."

남자는 날카롭게 쏘아붙이는 원영에게 빙글거리며 대꾸했다.

"그래봤자 생명력도 머리가 떨어지면 끝이지. 머리가 떨어져도 그렇게 웃을 수 있나 보자."

원영이 칼을 들어 남자를 겨누었다.

"우리도 옛날의 우리가 아냐. 이대로 해가 뜰 때까지 버티면 우리의 승리야."

남자가 여유 있는 표정으로 대꾸했다. 그리곤 고개를 돌려 구미호를 돌아보았다.

"너는 여우인데 왜 우리가 아니라 뱀파이어 편을 드는 거지?"

"나는 600년 가까이 수련을 쌓아 신령이라 불리는 명예로운 야마나카 일족. 어디서 왔는지 모를 혼종하고 같이 취급하지 마라."

구미호가 남자의 말에 코웃음을 쳤다.

"뱀파이어는 없고 인간들에 여우와 죽음의 무녀라니. 콧대 높던 뱀파이어도 별거 아니군."

두목이 빙글거리며 원영에게 비아냥거렸다.

"네가 죽고 싶어 안달이구나. 너도 실버 블러드라는 이름은 들어봤겠지."

새빨갛게 변한 원영의 입술 사이로 날카로운 이빨이 돋아났다. 그리곤 원영의 창백한 얼굴 위로 하얗게 빛나는 은발이 흘러내렸다. 긴 은발을 늘어뜨린 원영의 주위로 한기가 서리기 시작했다. 일순 남자들의 표정이 굳어졌다.

"두, 두목."

"루시안."

"성안의 뱀파이어가 하나뿐이라 안심했는데 그게 하필 은빛 마녀 미나라니."

두목을 비롯한 남자들의 얼굴에 공포가 떠올랐다.

"내가 바로 실버 블러드. 미나 블러드다."

원영이 칼을 들어 올리자 주위에 한기가 소용돌이쳤다.

"노인들의 얘기인 줄만 알았는데. 미나 블러드. 드라큘라만큼이나 싸워서는 안 되는 상대."

남자가 흠칫 물러섰다.

"알았으면 인질을 내려놓고 물러가라. 그럼 목숨은 살려주마."

"그럴 수는 없지. 바로 공격하지 않는 것을 보면 중요한 인질인 모양인데. 중요한 인질을 쉽게 포기할 수는 없지."

두목의 말에 채원이라는 아이를 둘러메고 있던 남자가 순식간에 밖으로 뛰쳐나갔다. 그러자 다른 남자 서너 명이 그 뒤를 따랐다. 열린 문틈으로 뿌옇게 하늘이 밝아오기 시작했다.

"날이 밝으면 우리가 이길 수 있지만 상대가 실버 블러드라면 얘기가 다르지. 오늘은 일단 후퇴한다."

두목의 말이 떨어지기가 무섭게 남자들이 밖으로 사라졌다. 동료들에 이어 두목도 재빨리 문밖으로 도주했다. 아나가 남자들을 따라 급히 뛰어나가자마자 다시 문으로 통겨 날아왔다. 아나는 정신을 잃었는지 쓰러져 움직이지 않았다. 여자가 문으로 천천히 걸어 들어왔다. 날씬한 체격에 칼을 든 모습이었다. 검은 단발이지만 익숙한 얼굴이었다.

"예은 선배?"

여자아이가 문으로 들어서는 여자를 보고 놀라 소리쳤다. 원영을 비롯한 친구들도 놀란 모습이었다. 머리 모양은 다르지만 나도 전에 본 적이 있는 네크로맨서였다.

"누구? 누군지 모르지만 날 닮았으면 미인이겠네. 미안하지만 잠시 그대로 있어줘야겠어. 늑대들이 벌써 당하면 안 되거든. 특히 거기 여우. 움직이면 여기 있는 인간들 모두 죽일 거니까 거기 그대로 있어줘."

여자의 말이 채 끝나기도 전에 원영이 달려들었다. 그런데 여자의 칼에 막혀 원영의 공격이 먹히지 않았다. 네크로맨서는 혼령만 조종했지 여자아이의 공격도 당해내지 못했었다. 하지만 검은 단발의 여자는 여자아이보다 훨씬 강한 원영의 공격을 받아냈다. 그것도 평상시 원영이 아니라 뱀파이어의 힘을 100% 끌어낸 원영의 공격을 막아내고 있다. 구미호도 합세할 찰나를 노렸지만 여자에게서 틈을 찾지 못했다. 여자는 문을 등지고 서서 원영의 공격을 막아내고만 있었다. 원영이 물러나도 쫓아오지 않았다. 철저하게 원영과 구미호가 늑대를 쫓아가지 못하게 막으려는 모습이었다. 그렇다면 뭔가 생각이 났다. 나는 주머니 속의 폰을 조작했다. 원영은 몇 차례 공격했지만 상대에게 막혀 답답해했다. 여자와 대치하고 있는 사이 날이 완전히 밝아왔다. 여자가 뒤를 힐끗 돌아보며 날이 완전히 밝은 것을 확인하고는 칼을 크게 휘둘렀다. 원영이 뒤로 물러났다.

"날이 밝았으니 뱀파이어는 못 움직이겠지? 거기다 이 정도 도망쳤으면 여우도 금방 따라잡지는 못할 거고. 멍청한 늑대가 아닌 이상 흔적을 남겨주지 않겠지. 그럼 나도 이만."

여자는 칼을 거두고 홀연 문밖으로 사라졌다. 구미호가 재빨리 뒤따라 나갔다. 나도 따라 밖으로 나섰다. 그런데 여자의 모습은 보이지 않았다. 구미호가 성벽 위에 올라가 사방을 둘러보았다. 하지만 남자들의 흔적을 찾지 못했는지 얼마 지나지 않아 돌아왔다. 실내로 돌아오자 집사가 쓰러진 아나라는 패밀리어를 살피고 있다. 원영은 한 손을 머리에 댄 채 홀을 왔다 갔다 했다. 검은 머리 여자에게 막혀 늑대들을 놓친 분이 풀리지 않는 모양이었다. 아직도 은발의 뱀파이어 모습 그대로였다. 날이 선 원영의 모습에 여자아이와 패밀리어들만 주눅이 들어 있었다. 그때 내 전화기가 울렸다. 받아보니 아기동자였다.

"개똥이냐."

"네. 차사님."

"어디야?"

"성에서 북동쪽으로 한 20리 정도 떨어진 곳이요. 여기 안 쓰는 집이 있는데 거기로 들어갔습니다."

"여자아이 친구는?"

"같이 데리고 들어갔습니다. 마지막까지 정신을 잃고 있었습니다."

"잠깐만 기다려. 금방 갈 테니."

내가 전화를 끊었다. 어느새 원영이 옆으로 다가왔다.

"무슨 전화예요?"

"아까 보니 늑대가 나는 못 보는 거 같아서. 나중에 온 여자는 어떤지 몰라 개똥이에게 남자들을 쫓아가라고 했지. 내가 가서 정확한 위치 확인하고 오마."

"저도 같이 가시죠."

구미호가 앞으로 나섰다. 남자들의 위치를 파악했다는 말에 원영의 표정이 밝아졌다.

"아니, 차사님 어떻게. 이승 일에 개입하시면 안 되잖아요."

여자아이가 걱정된 표정으로 보았다.

"당장 누가 죽는 것도 아닌데 이 정도로 천기에 영향이 있을 거 같지는 않아. 나코 외에 다른 사람은 같이 갔다가

기척을 들킬 수 있으니 여기서 기다려라."
 문을 나서 폰으로 아기동자의 위치를 확인했다. 그리고 그쪽 방향으로 날아가기 시작했다. 구미호는 나뭇가지를 타고 따라왔다. 한참을 가자 아기동자가 보였다. 그제야 내가 속도를 줄이며 따라오는 구미호를 보았다. 구미호도 소리를 죽이며 조심스럽게 다가왔다. 아기동자가 있는 곳에서 보니 숲속에 집 한 채가 있었다. 사용하지 않은 듯 제법 낡아 보이는 집이었다. 가까이 가서 확인해 보고 싶지만 상대가 어떨지 모르니 위치만 확인했다. 전화기에 집의 위치를 기록했다. 구미호도 자신의 폰으로 집을 촬영했다. 그리곤 폰을 조작하는 게 위치를 기록하는 듯했다. 그때 집 문이 열리면서 남자 한 명이 나왔다. 구미호는 재빨리 엎드려 몸을 숨겼다. 나와 아기동자도 나무 속으로 몸을 감췄다. 밖으로 나온 남자는 집 주위를 한 바퀴 둘러보았다. 그리고 남자의 모습이 집 뒤로 사라지자 우리는 조용히 후퇴했다. 구미호도 조용히 뒤를 따랐다.

6월 19일
혜수

나코의 뒤를 따라 캄캄한 숲속을 한참 걸어갔다. 원영이 우리를 위해 수트를 준비해 주었다. 수트 덕분에 숲을 헤치면서 가는데 긁히거나 다치는 곳이 없었다. 또 헬멧의 나이트비전은 12시가 넘은 캄캄한 밤인데도 사물들을 잘 보이게 했다. 단지 수트와 헬멧이 익숙하지 않아 불편했다. 나코는 수트와 헬멧 없이도 거침없이 나아갔다. 등에 커다란 총을 메고 양손에 탄약 상자까지 들고서도 빠르게 캄캄한 숲을 비집고 전진했다.

채원이 납치된 뒤 우리는 머리를 맞대고 둘러앉았다. 회의를 거듭한 끝에 웨어울프와의 싸움에 앞서 채원부터 구출하기로 했다. 인원 구성에 여러 의견들이 있었지만, 원영과 친구들로 결정했다. 상대가 보통 사람이고 낮에 벌어지는 싸움이라면 전투력이나 경험 면에서 원영의 패밀리어들이 더 뛰어났다. 그런데 상대는 인간의 신체 능력을 훨씬 뛰어넘는 웨어울프였다. 패밀리어들만으로 상대하기에는 무리였다. 가장 강한 전력인 원영이 나서야 하는데 뱀파이어는 밤에만 활동이 가능했다. 그리고 패밀리어는 인간이라 야간에 웨어울프를 상대하기는 어려웠다. 야간에 웨어울프를 상대하기 어려운 것은 친구들도 마찬가지였다. 그리고 일반적인 전투력은 패밀리어들보다도 낮았다. 하지만 나코의 전투력과 사쿠라씨의 결계는 패밀리어들이 가지지 못한 능력이었다. 거기에 영기를 다룰 수 있고, 사념으로 의사소통이 가능하다는 점에서 나와 혜원만 가기로 했다. 그리고 이번에는 채원만 구출해서 돌아오는 것이 작전이었다. 채원을 먼저 구출한 다음 웨어울프 무리를 소탕하기로 결정했다. 원영과 나코, 혜원, 내가 선발대였다. 패밀리어들은 후방에서 대기하기로 했다. 선발대가 채원을 구출하면 그 이후 패밀리어와 함께 전면전을 하기로 했다. 원영은 웨어울프의 동향을 살피러 먼저 떠났다.

  앞서 가던 나코가 걸음을 멈추고 자세를 낮췄다. 조금 더 걸어가니 원영이 보였다. 원영 옆에 다가서자 수풀 사이로 집이 보였다. 제법 떨어진 거리였다. 나이트비전으로 살펴봐도 주위에 사람은 보이지가 않았다. 나코는 근처의 나무 위로 올라가 저격 준비를 했다. 사쿠라씨는 결계 칠 준비를 시작했다. 원영이 단독으로 웨어울프의 본거지로 쳐들어가 채원을 구출해 나오면, 사쿠라씨의 결계로 보호하기로 했다. 단순하지만 원영의 압도적인 전투력과 사쿠라씨의 결계 실력 때문에 가능한 작전이었다. 웨어울프 중에 원영을 상대할 수 있는 실력자는 없었다. 어제 습격은 기습에, 채원이 잡혀 있는 상태라 본격적인 싸움이 불가능했다. 오늘은 웨어울프를 상대할 무기를 제대로 갖추고 왔다.

나코가 자리를 잡고 손으로 신호를 보내자 원영이 움직이기 시작했다. 순식간에 웨어울프들이 있는 집 앞에 도달했다. 원영은 바람처럼 안으로 뛰어들었다. 몇 차례 칼 부딪치는 소리가 나더니 원영이 뒷걸음으로 문으로 나왔다. 건장한 체력의 남자들이 원영을 따라 모습을 드러냈다. 그리곤 여자의 목소리가 들렸다.

"그러니까 내가 말했잖아. 위치가 노출되었다고, 바로 습격이 있을 거라고."

검은 단발의 여자가 원영을 향해 칼을 겨누고 나왔다. 여자의 뒤로 루시안이 나타났다. 오른손으로 왼쪽 어깨를 감싸고 있었다. 어깨에서 피가 흘러내리고 있다. 그런 루시안의 뒤로 채원을 둘러멘 남자가 따라 나왔다.

"그쪽이 아니었으면 그대로 당할 뻔했어. 신세를 졌군."

"약속대로."

여자가 루시안에게 손을 내밀었다. 루시안이 고개를 끄

덕이자 채원을 둘러멘 남자가 주머니에서 뭔가를 꺼내 루시안에게 전달했다. 루시안이 주문을 외자 손에서 흐릿한 빛이 났다. 이윽고 루시안은 손에 든 것을 여자에게 건넸다. 여자가 받은 것을 확인했다.

"약속대로 난 여기까지. 나머지는 알아서 할 수 있겠지?"

여자의 말에 루시안이 쓴웃음을 지었다.

"창피한 모습을 보였지만 우린 웨어울프다. 숫자도 충분해. 아무리 실버 블러드라도 우리 모두를 당해내지는 못할 것이다."

루시안이 한 발 앞으로 나서며 하늘을 향해 울부짖었다. 루시안의 몸이 부풀어 오르더니 두 발로 선 커다란 늑대의 모습으로 변했다. 늑대로 바뀌면서 어깨의 부상도 사라졌다. 루시안을 따라 다른 남자들도 늑대로 변신했다. 늑대로 변한 루시안이 채원을 집어 들었다.

"이제 인질 따위는 필요 없다. 하지만 경고를 무시한 대가는 치러야지."

말을 마치자마자 루시안이 채원을 덥석 물었다. 루시안의 커다란 입이 채원의 어깨부터 허리까지 덮었다.

"채원아."

나도 모르게 소리쳤다.

"해치워."

루시안의 명령에 웨어울프들이 두 패로 나뉘어 원영과 우리 일행에게 달려들었다. 사쿠라씨가 재빨리 결계를 쳤다. 웨어울프는 사쿠라씨의 결계에 막혀 튕겨나갔다. 하지만 웨어울프의 공격에 사쿠라씨도 충격을 받은 모습이었다. 나무 위 나코의 저격에 웨어울프가 하나둘 쓰러졌지만 치명상은 아닌 듯 다시 일어나 달려들었다. 원영은 루시안을 포함한 일고여덟 마리의 웨어울프들에게 공격을 받는 중이었다. 밀리지는 않지만 그렇다고 우세하지도 않았다. 나와 혜원은 웨어울프에게 밀리고 있었다. 나코의 사격 실력이 뛰어나지만 빠르게 움직이는 웨어울프를 맞추기는 어려웠다. 그나마 맞춰도 치명상은 아닌 듯 금세 회복하고 공격해 왔다. 나와 혜원은 안쪽에서 결계를 공격하는 웨어울프에게 반격하는 중이었다. 나와 혜원은 웨어울프와 싸우기 위해 은으로 된 스파이크가 박혀 있는 건틀릿 장갑을 끼고 있었다. 그런데 그 정도로는 피해를 주지 못했다. 혜원이 칼을 휘둘러 봤지만 웨어울프의 움직임을 따라가지 못했다. 점점 나와 혜원은 수세에 몰리기 시작했다. 그러자 웨어울프 몇 명이 한꺼번에 우리를 향해 달려들었다. 웨어울프가 결계에 부딪히자 그 충격에 사쿠라씨가 비틀거렸다. 그 틈을 노려 웨어울프 하나가 나에게 달려들었다. 반사적으로 손을 앞으로 뻗었지만 웨어울프를 막을 힘이 없었다. 피할 수도 없는 상황이었다. 웨어울프의 날카로운 발톱이 내 눈앞까지 다다랐다. 당했다고 생각하며 눈을 질끈 감는 순간 등 뒤로부터 시원한 기운이 온몸으로 퍼졌다.

"차사님?"

웨어울프를 향해 뻗은 주먹에서 푸른 불길이 일어났다. 그 주먹에 부딪힌 웨어울프가 고꾸라졌다.

"괜찮냐?"

"차사님? 차사님이 어떻게?"

차사님은 이승에 관여하지 못한다고 오지 않았다. 그런데 위기의 순간에 갑자기 나타났다.

"다친 곳은?"

"없어요."

"얘기는 나중에 하고 일단 지금 상황부터 해결하자."

앞을 보니 주먹에 맞은 웨어울프가 고통스러워하는 모습이었다. 웨어울프는 예상외의 전개에 당황한 모습이었다. 나코가 총알을 퍼붓자 웨어울프가 뒤로 물러섰다. 그사이 사쿠라씨도 결계를 보완했다.

"채원이라는 친구는 저쪽에 쓰러져 있는 아이냐?"

"네."

"가자."

차사님의 말에 양손에 불길을 일으킨 채 뛰어나갔다. 웨어울프가 나를 막기 위해 달려들었다. 하지만 내 주먹을 맞고 주저앉았다. 은으로 된 스파이크가 만든 상처로 지옥불이 파고드는 듯했다.

"같이 가, 혜수."

어느새 옆에서 나코가 함께 달리고 있었다. 상황을 바로 파악하고 나를 돕기 위해 따라나선 듯했다. 사쿠라씨와 혜원은 뒤에 남았다.

"내가 쓰러뜨릴 테니 마무리는 네가 해라."

"네."

나코가 차사님의 말에 대답하며 총을 둘러메고 칼을 뽑았다. 차사님의 도움으로 상황이 뒤바뀌었다. 갑작스러운 공격에 웨어울프가 당황하기 시작했다. 우리 쪽 싸움에서 밀리자 원영을 상대하던 웨어울프들도 동요했다. 그사이 재빨리 채원에게 도착했다. 나코가 채원을 둘러메고 잽싸게 사쿠라씨 쪽으로 뛰었다. 나도 그 뒤를 따랐다. 결계에 다다르자 그대로 쓰러졌다. 나코는 채원을 내려놓고 다시 총을 집어 들었다. 그리곤 원영을 공격하는 웨어울프들을 향해 불을 뿜었다. 나는 바닥에 쓰러져 있는 채원에게 다가갔다. 채원은 잠이 든 듯 눈을 감고 있다. 어깨부터 허리까지 웨어울프에게 물린 자국이 뚜렷했다. 그런데 피는 흐르지 않았다. 나코가 사격을 하면서 무전으로 연락했다. 패밀리어들에게 공격하라는 지시인 듯했다. 얼마 지나지 않아 멀리서 차량들이 달려오는 소리가 들렸다. 차량들이 멈추고 안에서 패밀리어들이 쏟아져 나왔다. 패밀리어까지 가세하자 우리 쪽 인원이 훨씬 많아졌다. 웨어울프들은 당황한 채 우왕좌왕했다. 발버둥 치는 웨어울프들이 나코의 총알과 원영의 칼날 아래 하나씩 쓰러져 갔다.

그날 밤이었다. 성의 지하로 내려갔다. 대리석 계단을 내려가자 철문이 나타났다. 끼익하고 문이 열리는 소리가 났다. 천 년은 지났을 습기 찬 차디찬 벽들 위로 조명이 켜져 있다. 돌바닥을 딛는 발소리가 음산하게 울렸다. 조금 가자 복도에 쇠창살이 쳐진 방들이 나타났다. 옛날 감옥이라고 했다. 한 감옥 앞에 나와 친구들이 모였다. 두꺼운 철창 너머에 채원이 앉아 있었다. 벽에 창살이 쳐진 창문이 하나 있다. 웨어울프에게 물린 채원의 상태를 보기 위해 민주를 제외하고 모두 모였다. 채원이가 우리를 보더니 눈살을 찌푸렸다.

"그러니까 꼭 이렇게 해야 해?"
"어쩔 수 없잖아. 웨어울프에게 물렸으니까."
"아니 물렸다는데 상처가 없잖아, 상처가. 거기다 웨어울프에게 물렸다고 다 변하는 것도 아니고."

"채원아."

내가 쇠창살을 톡톡 쳤다.

"뭐?"

"너 변했어."

내가 가리키는 대로 채원은 제 손을 보고는 깜짝 놀랐다. 털이 수북하게 덮이고 날카로운 발톱이 튀어나온 늑대의 앞발로 변한 채원의 손이 보였다. 채원은 얼굴을 찡그렸다. 하지만 금세 표정을 고치고 우리를 쳐다보았다.

"아니 그래 변했어. 변했다고 내가 난폭해진다거나 그런 건 아니잖아."

"채원아. 너 조금 전까지 창살 부수려고 난리가 아니었어. 봐봐."

혜원이가 창살 앞으로 다가가서 폰의 동영상을 틀어주었다. 영상 속에서 웨어울프로 변한 채원이 감옥의 창살에 몸을 부딪치고, 손으로 잡아 흔들고 있었다. 여기 감옥은 옛날에 뱀파이어를 가두기 위해 만든 감옥이라 웨어울프의 힘에도 부서지지 않았다.

"내가 이랬다고?"

채원이 인상을 쓰며 영상을 들여다보았다.

"응."

채원은 다시 한참 영상을 보았다. 그걸 보고도 믿지 못하는 표정이 역력했다.

"채원이 너 지금 몇 시나 된 거 같아?"

"지금? 한 7시?"

채원이 고개를 갸웃거리며 대답했다.

"지금 10시가 넘었어."

"잉? 여기 들어온 지 얼마 안 된 거 같은데 무슨."

목소리가 새초롬했다. 폰으로 시계를 띄워 보여주었다. 채원은 화면에 나타난 시간을 보며 의심스러운 눈초리를 던졌다. 아무런 기억이 없는 모양이었다.

"너 6시 넘어 여기 들어왔잖아."

"응."

"그리고 해가 지고 달이 뜨자마자 웨어울프로 변했어. 그동안 계속 난동 부리다 좀 전에 겨우 정신 차린 거야."

"정말?"

채원이의 눈이 커다래졌다. 그리곤 내 말이 사실인지 묻는 듯 친구들을 돌아보았다.

"정말."

다들 고개를 끄덕이자 그제야 현실을 깨달았는지 채원은 고개를 들어 천장을 쳐다보았다. 늑대의 모습으로 그렇게 하니 마치 하울링 하려는 것처럼 보였다.

"근데 나 지금 웨어울프가 됐다고 그랬잖아. 그런데 나

지금 말은 어떻게 하는 거야?"

"너 말하는 거 아냐. 으르렁거리고 있어."

혜원이 폰으로 방금 녹화한 모습을 보여주었다. 혜원은 채원이 웨어울프로 변한 것을 신나 하며 계속 촬영하고 있었다.

"내가 이렇게 으르렁거리는데 어떻게 얘기를 해. 내 말을 어떻게 알아듣는 거야?"

"사념으로 알아듣는 거야."

"사념?"

채원은 무슨 말인지 몰라 멀뚱거리며 쳐다보았다. 웨어울프라 덩치는 크지만 눈은 강아지 같았다.

"내가 내림굿 받은 건 알지?"

"응."

"그때부터 사념으로 얘기하는 것이 들려. 차사님 때문에."

"차사님? 네 곁에 서 계신 수트 차림 남자분?"

"응. 웨어울프는 차사님을 못 보는데 넌 손목에 찬 팔찌의 룬 때문에 보이는 거야."

내 말에 채원이 제 앞발에 끼워진 팔찌를 내려다보았다. 혹시 몰라 채원의 구속과 의사소통을 위해 예전에 웨어울프에게 사용한 팔찌를 채워주었다. 사념을 증폭시켜 웨어울프에게 전달한다고 했다. 덕분에 차사님도 보이는 듯했다.

"넌 그런데 다른 사람은?"

채원이 물었다.

"혜원이는 기한 아저씨라는 혼령과 계약을 해서 혼령을 보고 사념도 들어."

"뭐?"

채원이 놀란 듯 혜원을 바라보았다. 혜원이 싱긋 웃으며 엄지손가락을 세워 보였다.

"원영이는 뱀파이어고, 나코는 구미호, 사쿠라씨는 구미호를 모시는 무녀야."

"뭐?"

채원은 원영과 나코의 정체에 깜짝 놀라고 있다.

"웨어울프인 네가 그렇게 놀라니까 웃긴다."

혜원이 그런 채원을 놀리며 킥킥거렸다. 그런 혜원을 채원이 째려보았다. 웨어울프라 더 매섭게 보였다. 하지만 혜원은 전혀 무서워하지 않았다.

"혜수야. 그런데 나는 왜 여기 있는 거야? 그리고 왜 내가 채원이가 하는 말을 다 알아듣는 거야?"

유리가 채원의 모습에 흠칫거리며 물어보았다.

"이번 기회에 유리에게도 사실을 얘기해주는 것이 좋을 것 같아서."

"뭐야, 유리도 뭐 사람이 아니다 그런 거야?"

채원이가 눈을 커다랗게 뜨고 되물었다.
"그런 소리 하지 마. 무서워."
유리가 불안해하며 말했다.
"유리, 너 강남 클럽에서 패밀리어랑 퍼포먼스한 날 기억나?"
내가 유리를 보며 물었다.
"전에도 얘기했지만 그날은 기억이 잘 안 나."
유리가 고개를 저었다. 눈이 마주치자 원영이 고개를 끄덕였다.
"유리 너 그날 클럽에서 퍼포먼스 마지막에 드라큘라에게 물렸어."
"뭐? 내가?"
"응. 그날 너 구하려고 원영이랑 나, 혜원이가 가서 드라큘라 해치우고, 널 구해온 거야."
"정말?"
유리가 의심스러운 눈으로 쳐다보았다. 갑자기 자신이 드라큘라에게 물렸고, 우리가 드라큘라를 해치웠다고 하니 믿지 못하는 것이 당연했다. 믿지 못해도 사실은 사실이었다.
"드라큘라가 죽으니까 패밀리어들은 멘탈이 무너져 미쳤었어. 미친 패밀리어들은 원영이가 물어 자신의 패밀리어로 만들었어."

"뭐야. 그럼 나도?"

유리가 자신과 원영을 번갈아 손가락으로 가리켰다.

"맞아. 너 원영이 패밀리어야."

"미안해. 언니. 방법이 그것밖에 없었어."

원영이 생긋 웃으며 말했다.

"그런데 왜 나 그동안 아무것도 모르고 있었어?"

유리가 어깨를 툭 떨어뜨리며 물었다.

"설명하기 힘드니까 원영이가 네 기억을 지운 거야. 패밀리어인 것도 잊으라고 했었어. 나랑 혜원이가 다 봤어."

내가 말했다. 혜원은 자신을 쳐다보는 유리를 향해 고개를 끄덕였다.

"그럼 이제 어떡하는 거야? 나, 원영이에게 주인님이라고 해야 하는 거야?"

유리가 손으로 얼굴을 감싸며 물었다.

"아뇨. 언니. 언니는 그냥 지금처럼 하면 돼요."

원영이 다시 생긋 웃으며 말했다. 고개를 숙인 채 자신의 앞발을 멍하니 보던 채원이가 갑자기 우리를 향해 고개를 들었다.

"잠깐만, 잠깐만. 그러니까 혜수 너야 원래 할머니가 무당이고 그랬으니까 그렇다 치고, 혜원이는 혼령하고 계약

하고, 원영이는 뱀파이어고, 나코는 구미호인 거야? 거기다 유리는 원영이 패밀리어였던 거야? 우리 고등학교 때부터?"

채원은 유리까지 원영의 패밀리어였다는 사실에 적잖이 놀랐는지 눈을 동그랗게 떴다. 늑대도 눈을 동그랗게 뜨니까 귀여워 보였다.

"응."

"그걸 너랑 혜원이만 알고 있었던 거야? 아니 어떻게?"

"얘기하면 믿었겠냐?"

"믿기 힘들었지."

채원이 한숨을 쉬었다.

"지금 내가 웨어울프라는 것도 안 믿어지는데."

채원이 한숨을 푹푹 쉬며 말했다. 그러면서 다시 제 앞발을 물끄러미 쳐다보았다. 어깨가 축 처져 있고 얼굴이 우울해 보였다. 아직도 자신이 웨어울프라는 사실을 믿을 수 없다는 모습이었다.

"원영이가 준비해 둔다니까. 채원이 너 돌아가서도 한동안은 우리랑 같이 있어야 할 거야. 변신하는 거 익숙해질 때까지."

"집에는 뭐라고 하고?"

"학교 가까이 사는 친구 있어서 거기서 지낸다고 해. 나도 그러고 있어."

"익숙해지면 괜찮을까?"

지하 감옥에 내려와 자신이 웨어울프로 변한 걸 알고 우울해하던 채원이 되물었다. 익숙해질 수 있을까? 그건 아무도 모르는 것이다.

"이삼 개월이면 변신을 조절할 수 있대요. 그럼 괜찮아질 거예요."

원영이가 위로하듯 말을 건넸다. 원영의 말에 채원은 다시 한숨을 푹푹 쉬었다. 그리곤 가려운지 뒷발로 목을 긁다가 화들짝 놀라며 돌아앉았다. 창살이 쳐진 창으로 둥근 보름달이 보였다.

에필로그

숲속 외딴집 주위로 사람들이 분주하게 오가고 있다. 비닐백에 담긴 시신들을 옮기고 주위를 청소하는 중이었다. 코트를 입은 남자가 언덕 위에서 그 모습을 내려다보고 있다. 검은 단발의 여자가 남자에게 다가왔다.

"다녀왔습니다."

여자는 남자를 향해 공손하게 고개를 숙였다. 남자가 손을 내밀자 들고 있던 물건을 건넸다. 남자는 손에 든 물건을 살펴보았다. 검은빛이 도는 푸른 보석이 박힌 한 쌍의 귀걸이였다.

"다크소울의 이어링. 웨어울프는 엿보는 게 다였겠지만, 이 물건이 가진 힘은 그 정도가 아니지."

남자는 만족스러운 미소를 지으며 귀걸이를 주머니에 넣었다.

"마물들끼리의 싸움이라 이번 일로 신의 저울이 기울지

는 않았군. 뭐, 그건 그대로 방법이 있으니까."

　남자가 중얼거렸다. 집 주변의 정리가 마무리되었는지 사람들이 물건들을 차량에 싣고 있었다. 잠시 뒤 차량이 하나둘 집 앞을 빠져나갔다. 마지막 차량이 떠난 후 폭발이 일어나며 집이 불길에 휩싸였다.

　"이번 일은 잘 해주었다. 앞으로의 일들도 잘 해주기 바란다."

　"네. 모든 것은 루시퍼님의 강림을 위해서."

　여자가 남자 앞에 한쪽 무릎을 꿇고 고개를 숙였다.

　"모든 것은 루시퍼님의 강림을 위해서."

　남자의 목소리가 울리고 두 사람의 모습이 사라졌다. 나뭇가지에 앉아 있던 까마귀가 푸드덕하고 날아올랐다. 이윽고 언덕에는 아무것도 없었다.

혜수, 해수 5 웨어울프

초판 1쇄 발행 2025년 11월 24일

지은이 임정연
펴낸이 강수걸
편집 이혜정 강나래 오해은 이선화 이소영 유정의 한수예
디자인 권문경 조은비
펴낸곳 산지니
등록 2005년 2월 7일 제333-3370000251002005000001호
주소 부산시 해운대구 수영강변대로 140 BCC 626호
전화 051-504-7070 | 팩스 051-507-7543
홈페이지 www.sanzinibook.com
전자우편 sanzini@sanzinibook.com
블로그 sanzinibook.tistory.com

ISBN 979-11-6861-545-8 44810
       978-89-6545-720-6 (세트)

* 책값은 뒤표지에 있습니다.
* 잘못된 책은 구입하신 곳에서 교환해드립니다.